Inferno Revealed

《地狱》解码

INFERNO

从但丁到丹·布朗

[美]黛博拉·帕克
马克·帕克/著
田颖慧/译

西苑出版社
XIYUAN PUBLISHING HOUSE
北京

图书在版编目(CIP)数据

《地狱》解码/(美)帕克,(美)帕克著;田颖慧译. —北京:西苑出版社,2015. 7

书名原文:INFERNO REVEALED

ISBN 978-7-5151-0427-0

Ⅰ. ①地… Ⅱ. ①帕… ②田… Ⅲ. ①长篇小说-美国-现代 Ⅳ. ①I712.45

中国版本图书馆 CIP 数据核字 (2015) 第 132497 号

《地狱》解码

著 者	[美] 黛博拉·帕克 马克·帕克
译 者	田颖慧
责任编辑	李明辉
出版发行	西苑出版社
通讯地址	北京市朝阳区利泽东二路 3 号
邮政编码	100102
电 话	010-64228516
传 真	010-64228516
网 址	www.xiyuanpublishinghouse.com
印 刷	北京金瀑印刷有限责任公司
经 销	全国新华书店
开 本	710mm×1000mm 1/16
字 数	160 千字
印 张	14.5
版 次	2015 年 7 月第 1 版
印 次	2015 年 7 月第 1 次印刷
书 号	ISBN 978-7-5151-0427-0
定 价	36.80 元

目 录

致读者 / 001

导　言 / 001

第一章 主人公但丁：将自身作为诗作主人公如何改变一切 / 007

第二章 但丁令人可耻的同时代人 / 023

第三章 分裂的世界：政治、战争和流放 / 041

第四章 地狱里的传教士 / 065

第五章 人间地狱：但丁对于地点的处理 / 091

第六章 但丁《地狱》的影响 / 111

第七章 传承《地狱》的大众文化 / 127

第八章 丹·布朗的《地狱》与但丁作品 / 151

第九章 丹·布朗的《地狱》中提及的《神曲》典故 / 183

附　录 但丁时代及其生平主线 / 205

致　谢 / 221

致读者

本书中所有的但丁引文（除非另有注明）均摘自普林斯顿大学出版、查尔斯·辛格尔顿翻译注释的《神曲》。

《〈地狱〉解码》主要针对普通读者。我们希望本书能够对但丁的《地狱》及其激发的文学改编传统提供一个生动的解读。

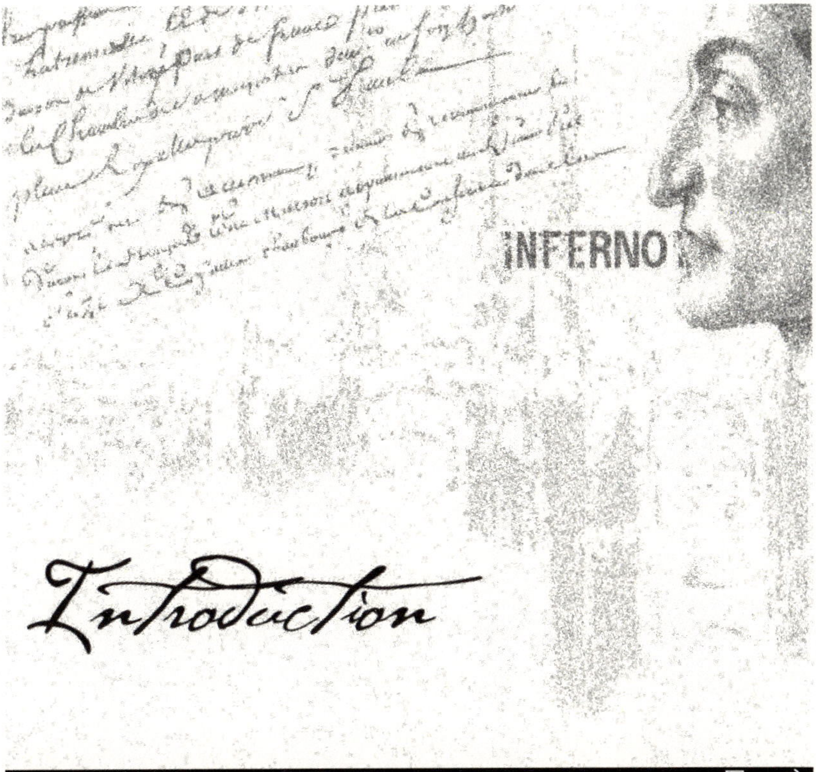

导 言

像丹·布朗这样受欢迎的作家选择但丁《神曲》三部曲之一的《地狱》作为最新作品出发点，是不难理解的。伟大的艺术作品总能给后世作者以启迪，但是很少有诗作能像但丁的《地狱》一样给予后来者如此丰富的创作启示。这一杰作的某些特点尤其适合进一步的改编和完善。

这部诗作的伟大之处部分在于其作者但丁选择了与众不同的视角。《神曲》是一部史诗，而史诗创作必须遵循特定的规则。《神曲》的大部分创作遵循了这些习俗，但是在一个重要的方面有所背离：但丁选择将他自身置于这部史诗的中心。与其他史诗不同，《地狱》前所未有地强调诗人的亲身经历。

这一特点对史诗产生了一定的影响，后世作家从中获益良多。但丁将他自身经历置于《地狱》中心，因此保证了这部诗作最深层结构中的张力，同时也为《地狱》中讲述的故事增添了不少神秘色彩。《地狱》是一部古典诗作，而现代读者通常对古典诗作倍感陌生。但丁选择角色及地点的特殊性也为《地狱》增添了不少陌生感。与所有史诗一样，但丁的诗作内容广泛，从地狱深处到宇宙星辰都有所涉及，其中包含小城镇的对抗、政治积怨、宗教争端、造谣中伤以及流言蜚语。

丹·布朗从《地狱》中获取了很多但丁的信息。他清楚但丁所创造的地狱的视觉想象力、富丽堂皇和错综复杂的情节带来的冲击力。与许多其他在此之前向但丁致敬的作家一样，布朗领悟了但丁关于来世原罪与惩罚之间的联系，即一报还一报。同时，他非常赞赏但丁坚持地狱之旅与人间生活的相关性——经常反映人间生活中腐败和犯罪在来世的道德含义。最后，布朗抓住了现代作家没有探索的但丁诗作的一个方面——预言与失控的愤慨相结合的诗作。在他自己的小说中，他用但丁的诗作作为出发点。他的但丁，是另一个版本的但丁。本书解释了《地狱》为什么是一部伟大的文学作品，为什么给其他作家提供了如此多的启示。后面会看到，有两件事并无必然联系：伟大的文学作品可能会有暗淡的结局，但同时也可能激发后来人的创作灵感。但丁的《地狱》则结合了这两种文学特质。

对于现代读者而言，《地狱》像其他古史诗一样晦涩难懂。其令人愉快有趣之处在于稍带异域风情，许多对但丁来说不言而喻的东西对我们来说却不知为何物，在但丁的意识里我们应该知道的人物、地点、事物，其实我们都非常陌生。如果想要读懂但丁，你应了解但丁本人、他所处的时代，以及史诗的基本知识。

让我们首先考虑《地狱》之类的史诗起到的作用是什么。史诗是一种叙述英雄传说和重大历史事件的叙事长诗，其特点是背景庞大、人物众多；此类作品通常用于庆贺某个民族的成立，例如维吉尔的《埃涅阿斯纪》讲述罗马帝国相关故事；荷马的《伊利亚特》重述特洛伊战争。史诗通常从最大程度上讲述了一个民族的起源、价值观、民族自豪感及他们作为一个部落或国家最终的命运。

尽管如此，我们仍然应该时刻铭记：《地狱》并不仅限于此，它是一部公认的经典作品，其经典之处同样值得我们深入探析。因此，我们不应该继续探究《地狱》是何诗体，而应该深入思考时间给《地狱》带来了什么烙印，读者对其态度如何，以及众人对其评价如何。

这种解析方式也许有些许奇怪，但是学者们经年累月地记录着读者如何阅读，以及富有创造力的作家希望自己作品如何被解读。其中有些记录穷尽详细之能事，事无巨细地记录后世对某部作品的反应；也有些记录更为粗略、简要。本书将采用第二种方式分析《地狱》。在考虑何为经典作品时，我们应该将一部艺术作品对后世其他艺术创作起到何种作用，读者如何利用其解决问题，以及读者如何挖掘作者有可能未传达的意图列入考虑范围。

更重要的是，我们试图集中探索一部经典作品的可改编性，深入挖掘文本对其他作者及新观众的启发意义。这里强调的是人性的变化，尤其是读者人性的变化。具有高度改编性的作品在不同历史时期能够产生不同的解读。因此，对《地狱》之类的经典作品的解读具有高度可变性。这部诗作的可改编性在于它在不同时期引发不同的读者反应。但丁的《神曲》，尤其是《地狱》，有诸多解读版本：各地不同的读者对其都有不同的解读。作家们亦是如此，他们用新的方式对《地狱》进行具有自我风格特点的解读。

应该承认这是一部含义深远、具有很强适应性的作品，我们能够轻而易举地列出许多后世作品其创作灵感来源于此。但更难以回答的问题是，为什么这些作品被证明具有如此好的适应性，为什么作家一遍又一遍重复使用这一题材，为什么后续的这类作品如此令人惊异并最终获得了令人满意的效果？换句话说，但丁诗作中有何特别之处给予丹·布朗及其他作家灵感继续创作？

这个问题非常值得深入探究，但是本书主要目的在于解答《地狱》对其他作家的影响。本书分为两部分：第一部分目的在于探索《地狱》最重要的特征之一：不同于以往史诗讲述带有神秘色彩的古老故事，但丁将他自身置于这部诗作中心，格外强调自身的亲历，并将诗中地狱与当代佛罗伦萨联系起来，因此缩短了与读者之间的距离。《地狱》中也有涉及超自然及神秘色彩之处，但是但丁反复将他所熟知的世界置于其中。本书第 1 章至第 5 章将考查这种想象性创新方式带来的结果，其在永恒与特定历史时期之间形成极大张力，以及《地狱》中人物和事件给读者带来的神秘感。这种模糊性不可避免，同时影射重重，引人深思。

但丁个人化的史诗风格给后来的作者诸多启示，本书第二部分第 6 章至第 9 章将举例说明后世作家对此如何反应并给《地狱》赋予什么样新的用途。追踪这种反应与改编的进程，我们不仅要审视重要的文学传统，也要审视更为通俗的对诗歌的使用。最后，本书结尾将深入分析但丁诗作对丹·布朗的影响并对这部小说中每次所提及的《地狱》进行注释。

T.S.埃里奥特发表过著名的评论：“但丁与莎士比亚，只有他们两个人划分了世界，再没有第三个人。”不同意这种睿智的评论总是危险的，因此我们在本书中采取了另一种思路。为此我们没有研究但丁是如何“划分世界”的，而是研究令我们最为感兴趣的诗歌是如何展开的。《地狱》不仅激发了他自己的创造力，而且也激发了其他人的创造力。

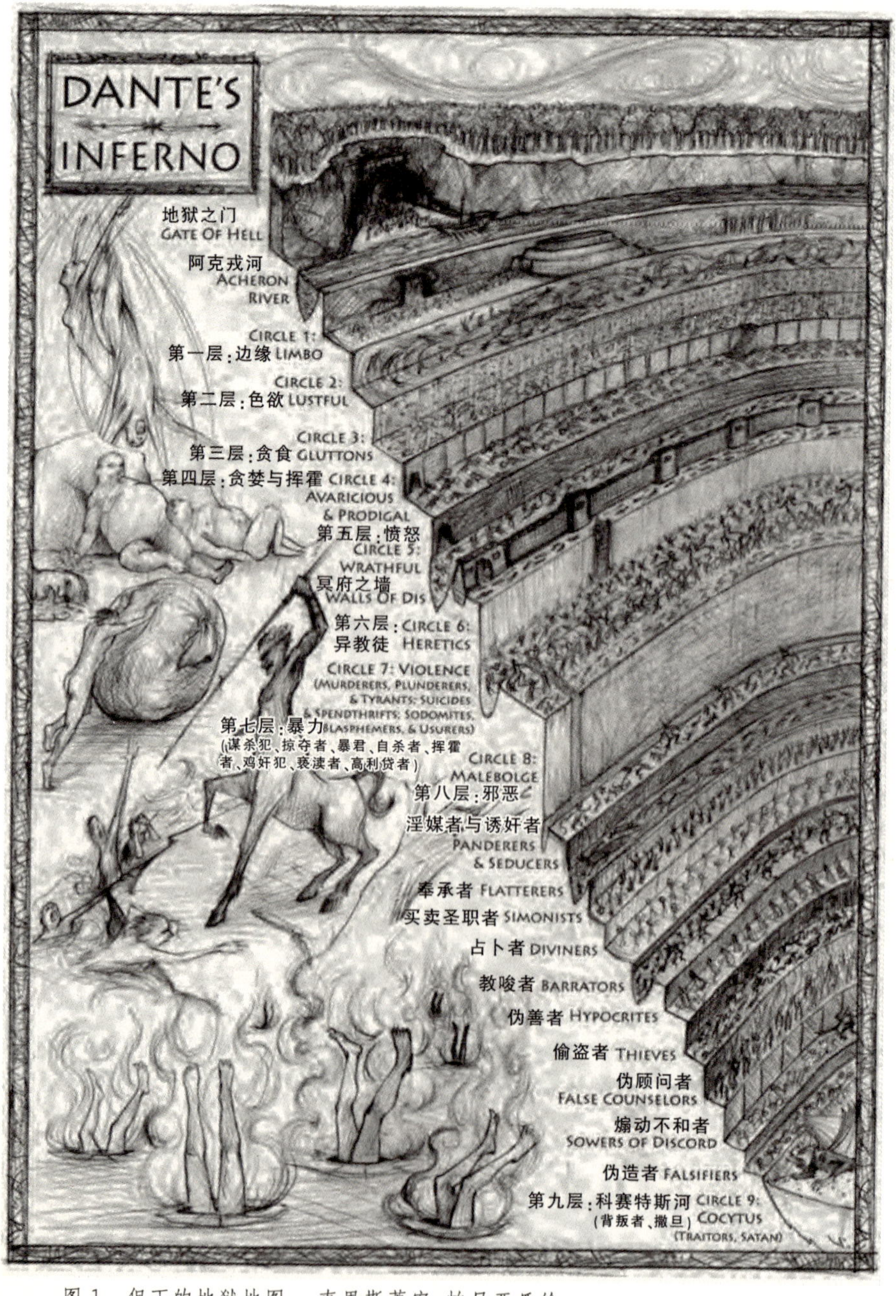

图 1　但丁的地狱地图　克里斯蒂安·帕尼亚瓜绘

Dante as Protagonist

How Making Yourself the Hero of Your Own Poem Changes Everything

第一章

主人公但丁：将自身作为诗作主人公如何改变一切

维吉尔是奥古斯都时代的宫廷诗人，他的诗作主题通常为政治和文化范畴，例如埃涅阿斯如何建立罗马帝国以及其他英雄事迹等，读者对这些带有神秘色彩的主题并不陌生。维吉尔要做的就是利用非凡的写作才能将松散的素材组合成最美丽的文学语言。在撰写《埃涅阿斯纪》时，除了几处向缪斯祈祷之外，维吉尔并未将自己置身诗中。诗歌的主人公的行为——埃涅阿斯的英雄事迹隐藏在时间的迷雾之中，而与维吉尔的世界具有明显的关联性，建立这种联系所要做的就是穿越时间的港湾。

约翰·弥尔顿在史诗《失乐园》中同样阐述了反叛天使撒旦、上帝与撒旦的天堂之战、撒旦的堕落天使被驱逐以及亚当和夏娃在伊甸园中被诱惑并堕落的故事。弥尔顿试图“证明上帝于人之公正性”，但是他并未将自己写入诗中。就像维吉尔一样，弥尔顿有时也会要求上帝赐予灵感，他曾经说过《失乐园》是他在深夜受到缪斯启示而写成。然而，他在诗中角色也仅限于此，就像任何一个平凡的基督徒一样。维吉尔和弥尔顿在诗歌创作方面严格遵守荷马史诗的创作模式，荷马的《奥德赛》与《伊利亚特》都是西方文化史中的史诗典范。荷马是一位传奇故事的咏诵者，而不是自我功绩的记述者。

但丁的写作风格则完全不同。维吉尔在《埃涅阿斯纪》开头歌颂“武器与英雄”，而但丁写道：“我走过我们人生的一半旅程，却发现我身陷一片昏暗的森林，因为我迷失了正路。”（《地狱》1.1—3）此处格外强调“我”，但丁是这部史诗中不折不扣的主人公，他的诗作比维吉尔和弥尔顿的诗作更能体现自我。他并不是在简单陈述，而是在描述自我如何在人性救赎路上发现人性之美。

但丁脱离史诗创作传统的文风非常大胆，但他的大胆之处并不仅限于将自己作为史诗的主人公。在《地狱》开头，但丁区分了两个自我：一个是诗人但丁，另一个是朝圣者但丁。诗人但丁在文中叙述了来世的一次旅行，而朝圣者但丁则在故事中是不同的一个角色，他是路人或者是一个旅行者，在导师维吉尔陪伴下一起穿过地狱及炼狱。

但丁把自身置于史诗的中心，这样的抉择影响是巨大的，其影响贯穿了整部作品《地狱》，他必须突出自身并塑造自身形象。因此，但丁个人特征就变得异常重要：他的气质、性情、雄心等个人特点成为写作原材料，因此他的个人特质并不会因为史诗作者的身份消失，而是永存在诗中。

昏暗森林：但丁与维吉尔相遇

在《地狱》第 34 首一开始，但丁描述了自身穿越来世的旅程时的状态，并立即开始持续强调自己在史诗中的中心作用：他在“昏暗的森林”中迷失了“正路”，身心俱疲，就像是刚从海里逃到岸上的人一样，喘息未定。突然间，其他角色从不同方向登上了舞台，他不再是单独一个人：他突然遭到一只豹子、一头狮子和一只母狼的突袭。这只瘦骨嶙峋、凶相毕露的母狼形成了最大的威胁，一步步地紧逼他退向“太阳沉寂”的森林中，那里让人绝望（《地狱》1.60）。

这是全诗中最具象征意义的一幕，很多细节都充满寓意。寓言通常用比喻性语言描述事物，因此事物通常具有其他意义。但丁逐渐偏离正义及真理，开始在谬误和绝望中挣扎。森林和三种野兽的形象在各种传统作品中都曾出现——文学作品、神话作品、绘画作品及民俗故事等。例如，森林使人联想到罪恶以及错误，这起源于骑士传说中外出征战的骑士经常迷路的典故。而三种野兽则分别代表三种不同的犯罪——豹子代表肉欲；狮子代表暴力；母狼代表贪婪。

至此，但丁将寓言和亲身经历相结合，塑造出的形象符合常识。然而，情况随后就有所改变。一个迷失的灵魂需要一位向导，而向导一职通常由一位圣人或天使来担当。但丁并未如此规划诗作，具体体现在母狼迫使但丁退入森林，这位朝圣者喃喃地呼唤“主啊”

以祈求帮助。他一发出呼救，维吉尔就现身伸出援手。这时但丁并未认出这位来者，而是问他是灵魂还是人。维吉尔回应道：

> “不，我不是活生生的人，不过我曾经是。”他告诉我，“我的父母都是伦巴第人，他俩都以曼图亚为出生地。我出生于恺撒时代，可惜生得太迟，圣明的奥古斯都当政时，我生活在罗马，那个时代充斥着假冒、说谎的神祇。我是一个诗人，歌颂安喀塞斯之子，只因恢宏的伊利乌姆城遭焚后，他才逃离了特洛伊。”（《地狱》1.67—75）

从维吉尔如何介绍自己以及朝圣者但丁如何予以回应中，我们可以看出但丁对拉丁文化以及维吉尔本人的态度。维吉尔是一个“灵魂”，而不是真实存在的人类。他来自意大利北部城市曼图亚，并且出生于恺撒大帝时代。他创作了《埃涅阿斯纪》，歌颂“安喀塞斯之子”埃涅阿斯。

但丁在史诗中赋予杰出的拉丁诗人维吉尔第二次生命。这一选择使得歌颂罗马文明的《神曲》受益颇多。这至少让我们了解到但丁个人很重要的一个特点——他是维吉尔作品的忠实拥护者。但丁本可以独自完成旅程，或者是选择一位宗教人物引领他完成地狱之旅，但是他最终选择维吉尔作为向导，暗示着他本人对古典文化的尊崇之情。

但丁选择维吉尔作为向导，无形中使他的叙事复杂化。诸如《神曲》之类的基督教史诗并不认同这样的选择——相比之下，圣人、天使，甚至基督徒都是更好的选择。选择维吉尔给《地狱》剧情增加很大张力：通往上帝之路是由一位异教徒及他的异教诗歌来引领。但丁个人对维吉尔及古典文化的敬仰使得他对诗歌的热爱在诗中得到充分体现。大量古典文化的出现与《神曲》基督教性质碰撞，为其诗歌增添了无尽的张力。

但丁发现偶像维吉尔就在面前，立即向其表达敬意：

> “那么你就是那位维吉尔，那个源源不断涌出动人诗篇的源泉？”我向他答道，不禁面带羞愧，“啊，众诗人的光荣和明灯啊，但愿我能长期拜读你的诗作，并怀着深沉的爱慕遍寻你的著述。你是我的老师，我的楷模，只有从你那里我才能学到那优美的风格。”（《地狱》1.79—87）

在这些诗行中，但丁表现出他对维吉尔作品的无比热爱，并将维吉尔称作“源泉”和“明灯”，他不仅是但丁，也是其他无数诗人的灯塔。作为维吉尔的学生，但丁曾经“长时间热衷学习”维吉尔的作品，也在模仿他宏大的史诗风格。但丁赢得的文学成就都归因于维吉尔的启迪，当维吉尔提出做他的向导时，但丁立即同意了。维吉尔首先引领他穿越“永恒”的地狱，随后来到炼狱，一路上遇到不少灵魂。随后，维吉尔口中“比我更能胜任的灵魂”贝阿特丽切将会带领但丁抵达天堂。

但丁此处对维吉尔狂热的倾诉值得深入研究，我们能够从中看出古典文化与基督教文化之间的碰撞，这在但丁尊称维吉尔为“老师和楷模”并且感谢他对自己的影响中可见一斑。世俗的赞誉以及神秘的旅程共行，维吉尔这个受到诅咒的灵魂反常地成为地狱向导，带领但丁穿越禁地炼狱。也许会有人说这是因为维吉尔无形中预言了基督教，他的《牧歌》第 4 首是关于一个孩子奇迹般诞生的故事，曾经有教会评论员将其解读为基督耶稣诞生的预示。但是诸如此类的努力并未使得异教徒与基督教文化和谐共处，而是仅仅证实世人有意消除两者之间的冲突而已。

《地狱》第 1 首以但丁表白决心结束；第 2 首则是以但丁再次怀疑自己开篇。他深深为自己是否能够胜任这次旅行担忧，于是告诉维吉尔："但是，我为什么要去那里呢？谁准许我去呢？我不是埃涅阿斯，我也不是保罗；不论我自己还是其他人都不相信我有这样的资格。"（《地狱》2.31—33）诗中提及埃涅阿斯和保罗的典故意义重大：两者都曾去过来世。埃涅阿斯为了与父亲安喀塞斯灵魂交谈，来到阴间；后者预言埃涅阿斯后代将会成就斐然。作为创始人，埃涅阿斯"被选定为罗马帝国之父"。

圣保罗地狱之行的目的同样重大。起初，名为索尔的保罗并不信奉基督教，反而主张迫害基督徒。他在前往大马士革途中被上帝弄瞎双眼，结果转变为虔诚的基督徒。虽然双目失明，但他的视野更加开阔。随后，他前往地狱，试图向他人证实真理、上帝及信仰的存在。

埃涅阿斯和保罗这两位先驱者为塑造但丁史诗英雄形象起到极大的作用：通过将自己与两位先驱比较，但丁凸显出他前往地狱之行的重要性，同样彰显出诗人但丁试图脱离史诗传统的决心与努力。如果但丁并不值得被提升到史诗主人公的地位，那么后世同仁亦是如此。如果但丁不是埃涅阿斯，也不是保罗，那么弗兰切斯卡也不能代表埃及艳后、保罗和特里斯坦。

贝阿特丽切

但丁尽力说明他的地狱之旅和两位先驱者一样将会受到神的制裁。维吉尔讲述了贝阿特丽切来到地狱第一层地狱边缘探望他的故事予以回应。贝阿特丽切是但丁《神曲》中最为重要的角色，为了了解这个角色的重要性，我们有必要首先了解一下但丁的爱情故事。虽然贝阿特丽切确切指代谁我们不得而知，但是但丁的儿子皮耶罗曾经就《神曲》写过一篇评论，其中提及这位女主人公原型是贝阿特丽切·波尔蒂纳里。《十日谈》及第一部但丁传记的作者乔万尼·薄伽丘进一步确认贝阿特丽切·波尔蒂纳里是佛罗伦萨银行家福尔科·波尔蒂纳里的女儿。但丁早前曾在《新生》中提及她。但丁在《新生》中充分发挥他的文学造诣，描述了他对贝阿特丽切的痴迷与狂热，他用炙热情色描绘了但丁本人的精神超脱以及宗教转变。

但丁初次遇见贝阿特丽切时年仅八岁，九年后，他们再次相遇。每一次会面对于但丁而言都很短暂。但丁笔下的佛罗伦萨分为六个部分，但丁和贝阿特丽切两家相距大概五十米，因此，贝阿特丽切可以说是但丁的邻家女孩。在《神曲》中，她是但丁精神上的向导，总是给予他灵感和启迪。她代表着完美，也是但丁与上帝之间重要的桥梁。

没有贝阿特丽切，《神曲》就不会诞生；众所周知，她启动了但丁的地狱之旅。诗作开篇，维吉尔告诉但丁贝阿特丽切曾来到地狱边缘看望自己，此处用于描述她美貌的诗句堪称完美。

> 她的双眸清澈明亮，胜过点点繁星；她用天使般的声音，甜美而柔和地向我倾诉……（《地狱》2.55—57）

为了描述贝阿特丽切的美貌和优雅，但丁继续采用他在《新生》中的写作风格。这种风格被称为甜美新风格，借鉴于13世纪意大利的宫廷诗。这里的“甜美”和“新”既指用词，也指朗朗上口的抒情风格。但丁在《神曲》中继续采用他挚爱的词语描述贝阿特丽切以强调贝阿特丽切与《新生》之间的联系，例如“繁星”、“甜美而柔和”等。当但丁在炼狱顶层遇见贝阿特丽切时，他同样用这种风格进行描述。

就像为与埃涅阿斯和保罗扯上关系，但丁抬高自己一样，他同样抬高了他的最爱。在描述贝阿特丽切到地狱边缘探望维吉尔之前时，她告诉他圣露西（4 世纪锡拉库萨殉道者、光明的守护神）已警示她但丁在昏暗的森林里陷入危难。圣母玛利亚曾召见，组成了一个替但丁斡旋的圣女联盟。如此，但丁的最爱贝阿特丽切就成为了三个圣女中的“凡间”代表。但丁的地狱之旅之所以没有受到惩罚，是因为得到了一个凡人的斡旋。

但丁选择的两位导师使得这部诗作充满了不确定性。他在诗中影射了一系列联系，但是这些联系并不能组成连续的有机整体：古典主义仍然不能轻易与基督教义和谐共处。此外，但丁还引入诸多其他内容，使得这次通向上帝的旅程更加复杂。

但丁与古典传统

此时，朝圣者但丁是三位圣女弘扬的基督教信徒，也是维吉尔的忠实信徒。然而，他在地狱第一层与他人的相遇又一次给这部作品增添了几分张力，在那里，但丁遇见了善良的异教徒，其中有杰出的诗人、哲学家以及科学家，如《伊利亚特》《奥德赛》作者荷马；记叙罗马共和派和恺撒大帝之间战争的《法沙利亚》作者卢坎；《歌集》（四卷）、《讽刺诗集》和《诗艺》作者贺拉斯，以及《变形记》作者奥维德。但丁与他们相遇是诗中最为特别的瞬间之一。

他们聚在一处，相谈甚欢，然后转过身向我领首致意，我的老师也频频微笑；这使我感到更加荣光，因为他们把我纳入了他们的行列，结果我竟成为这众多智者中的第六位。（《地狱》4.97—102）

一番简短的交谈之后，这几位赫赫有名的诗人邀请但丁加入他们的行列，而那时但丁只不过写了一些抒情诗和《新生》。但丁将自己置于与几位知名诗人同等的地位上，这无异于由莎士比亚、弥尔顿和斯宾塞赞颂当代诗人罗伯特·平斯基；也无异于丹·布朗刻画了一个降神会，在会上埃德加·爱伦·坡、达希尔·汉密特、阿瑟·柯南·道尔称其为最伟大的推理小说作家。也有人说但丁这样的编排不自量力，但是这一插曲并不是但丁设想的简单记录。它与三位圣女先前的讨论并不相符。但丁宣称，在圣露西、玛利亚、贝阿特丽切的斡旋下，他自己被基督的恩典剥夺自尊后，他立刻沉湎于世俗的诗歌荣誉。

但丁丝毫不掩饰他想要成为伟大诗人的强烈愿望，如果说在地狱边缘他就祝贺自己尚未取得的显赫地位，那么在“窃贼篇”（《地狱》第24首至第25首），他用杰出的诗章赢得了这个荣誉。就像他构想的，诗歌的需要要求他描述窃贼所受的惩罚，这将是他们的巨大转变以及随之而来的身份丧失。他们所受的惩罚是公平的：偷窃别人东西的人，终将失去他们的身份和所拥有的东西。

但丁挑战奥维德和卢坎

正如《夺宝奇兵》中印第安纳·琼斯调查的古墓一样，望着一个挤满了窃贼的矿井，但丁被成群的蛇惊呆了：

在这残忍和最恐怖的蛇群中，赤裸和惊恐的灵魂在奔窜，没有找到藏身洞或隐身石的希望。他们被蛇反剪双手；这些蛇的首尾绕过腰间，并在他们前面盘绕成结。(《地狱》24.91—99)

蛇和其他爬行动物开始向窃贼发动密集攻击，它们紧紧缠绕、扭曲、噬咬这些窃贼，景象十分惊人。一旦被咬，这些窃贼立即焚化成灰，随风扬起，不知所踪。同样让人吃惊的是这一切几乎都在闪电般的瞬间完成，与人们书写字母“o”或“i”所花的时间差不多。

但丁详细描写了这些变化，在下一首中，他与早期的诗人们展开了一场写诗技巧的竞争。然而，他并未发起直接挑战，而是给读者展示了他在写诗方面的超凡能力。但丁将手指从鼻子上移到下巴，暗示维吉尔要保持警惕。

但丁看到三个佛罗伦萨窃贼到达这个深坑，正在寻找他们的一位同伴。他们尚未意识到找到这位同伴的希望十分渺茫，因为他已经变成了蛇。一条蛇横冲过来，咬了其中一个窃贼，一场毛骨悚然的人兽交融大战上演了，其他两位窃贼呆若木鸡地看着这一切。

当我继续凝眸注视他们时，突然，一条六脚蛇跳到一个灵魂面前，把他完全缠住。它用中间的两脚抱住他的腹部，用前面的两脚抓住他的双臂，然后用牙齿咬住他的面颊；后面两脚顺着他的双腿延伸，尾巴放在他的双腿间，再向上钩住他的后腰。即使常春藤也不会像这条可怕的怪物般死死缠绕一棵树，它竟然将自己的肢体与一个人的肢体交缠在一起，双方的肢体像被蜡熔结在一处，连颜色都融为了一体。任何一个都不复原来的色彩，正如把一张纸放在火焰前，一种暗褐色在纸上蔓延，那颜色不再是黑色，而白色也悄然隐退。其他两人注视着这场景，情不自禁地喊道："哎哟，阿涅洛，你怎么变成这样了！瞧，你现在既不是两个，也不是一个！"这时，两个头已变成一个，同时我们看到两张面孔各自消失，混合成一张脸。四个上肢形成了两条臂膀；大腿连同小腿、肚子和胸膛变成了世人从未见过的肢体。先前的每一个特征均遭破坏，那怪异的形象既像原来的两个，却哪个也不是。那怪物就这样迈着缓慢的步子走开了。（《地狱》25.49—78）

在这些诗行中，但丁描述了一场不可想象的场景：窃贼阿涅洛和一只蜥蜴逐渐融合成一个令人惊恐的混合生物。但丁用平常书写字母"o"或"i"的短暂时间比喻窃贼焚化，继而复活的惊人速度；用常春藤缠绕树木来描述蛇缠绕阿涅洛身体的紧密程度；用熔蜡来比喻人蛇合二为一，彼此特征逐渐交融的场景。正如另一位窃贼在旁观察到的，两者合二为一构成的混合生物既不是人，也不是蛇。

文学作品史上很少有段落能够媲美这一段，这种对比使得读者开始想象一场惊人的变形。T.S.艾略特曾经引证此段来证明但丁是一位伟大诗人，极其擅长塑造视觉意象。很难想象另外一种场景来媲美但丁塑造的这一变形：参差不齐的变色、闪耀的火焰、难以分辨哪一块已经燃烧成黑色，哪一块还没有被噼里啪啦作响的火焰波及。

在此刻，但丁救赎之旅似乎不再那么重要，他出众的写作技巧似乎更吸引眼球。与其说这一段落是关于救赎，倒不如说它事关诗作技巧；与其说是记载但丁作为一名普通的朝圣者，倒不如说是展示但丁作为一名诗人的高超技艺。

在描述另一场惊人变形之前，但丁炫耀了他的卓越诗艺。没有诗人像但丁一样描述这样一场同时出现的变形：

> 让卢坎保持沉默吧，不要再讲可怜的萨贝洛和纳西迪乌斯的故事，应当等着倾听别人。奥维德也不要说什么卡德摩斯和阿瑞塞莎，因为他在诗中使前者变成了爬虫，后者变成了泉水，而我并不艳羡他；因为他从不曾使两种性质的东西面对面地相互变形，使两种形态如此迅速地改变各自的原形。（《地狱》25.94—102）

事实上，与但丁不同，卢坎和奥维德对变形的描写虽然同样惊人，但是却不如但丁所描述的细致和有力。在卢坎的《法沙利亚》中，萨贝洛和纳西迪乌斯是卡托军队的士兵。遭到蛇咬之后，萨贝洛的身体化作一摊液体。纳西迪乌斯同样遭到毒蛇噬咬，他的身体逐渐变成一个球，在盔甲中爆炸开来。在奥维德的《变形记》中，卡德摩斯（特洛伊的传奇创立者）变形成为一条蛇，但是奥维德并未花费太多笔墨详细描述这次变形。阿瑞塞莎受到河神阿尔浦斯追求，被女神黛安娜变成一汪清泉流入地下。但丁声称奥维德从未花费笔墨详细描述过两种生物变形的细节。这种指控乍看来过于傲慢，不够谦逊，然而这也体现了但丁作为一名卓越诗人的自信。但丁史诗中有大量例子来证明他的卓越诗艺，为他赢得了与地狱边缘中巧遇的诗人同样伟大的盛名。史诗《神曲》

足以证明他的自得并不是妄自尊大。

第二次变形描写的是一个灵魂和一条蛇之间的转换：灵魂变成了蛇，而蛇则变成了灵魂。一条蛇袭击了其中一个窃贼，变形随即开始：

> 这两种物种的变化都遵循这样一种方式：那爬虫把尾巴分成叉状，受伤的灵魂则把双脚合二为一。大小腿相互间粘连得如此紧密，以至于顷刻间看不出任何结合的痕迹。蛇分裂的尾巴呈现出对方消失的形状，它的皮肤变得柔软，而对方的皮肤则变硬。我看到他的两臂缩入腋窝，而那爬虫的两足原来很短，这时则在变长。他的两臂缩短多少，它的两足就按比例增长多少。接着，它的两只后足绕在一起，变成那人遮住的部位，而那个可怜虫的却分化成两足。这时轻烟用一种新的颜色将双方覆盖，它使一个长出毛发，而让另一个褪去；让一个直立起来，让另一个匍匐爬行，然而他们并未将对视的恶意目光偏移。正是在这种目光下，双方改变了各自的嘴脸。那个立起的把嘴脸向太阳穴收缩，由于材料过多，平滑的面颊长出了双耳；没有收缩的部分，留在原处，于是在脸上变成了鼻子，多余的形成了嘴唇的厚度。那个俯下身的使嘴脸伸长，把耳朵缩入头部，就像蜗牛将触角缩入壳中；至于舌头，原来完整的、适于说话的现在分裂成叉；而另一个开叉的舌头结合为一体。双方停止喷吐轻烟。（《地狱》25.94—138）

但丁在诗中谈论了很多，现在终于到了付诸实践的时候。我们能够在第二次变形中看到阿涅洛和蛇之间相互转化的双重变形过程。起初，蛇刺穿卜奥索身上“最初吸收营养的地方”。后者立定脚跟不动，直打哈欠，就好像睡魔或热病在侵袭他似的。但丁接连描写了两种生物如何慢慢呈现出对方特有形状：窃贼的皮肤变硬，蛇的皮肤变软；窃贼的毛发消失，蛇长出毛发；窃贼的四肢逐渐消失，而蛇则长出了人类的四肢。这一切都是在双方凝视对方的过程中发生，他们互相凝眸盯着对方，同时窃贼从受伤的肚脐里，蛇从口中吐出缕缕轻烟。除了惊人的细节和速度之外，这次变形中双方口中及受伤肚脐中吐出的轻烟、交缠的蛇与人之间的死死对视以及双方无法逃避的宿命都让人惊叹不已。

但丁的骄傲

在提及窃贼的章节里，但丁和古典先驱们竞技；稍后，在《炼狱》中，他将矛头转向了同时代竞争者。但丁遇到了犯骄傲罪者奥德里西·达·古毕奥，13 世纪的手稿装饰家。犯骄傲罪的灵魂背负巨石环山而行，但丁必须躬下身来和他们交谈。奥德里西生前以自己的艺术才能和成就为傲，他和但丁谈论了名利的短暂性。佛朗哥的成就超越了奥德里西，就像画家乔托超越了契马布埃一样。这种超越与更替同样存在于诗歌领域：

> 同样，一个圭多剥夺了另一个圭多在口才上的荣誉；或许已降生一位，他将把这位和那位逐出窝巢。尘世的名声不过是一阵微风，时而从这边吹来，时而从那边吹来，正因为改变方向，所以也改变人名。（《炼狱》11.97—102）

通常，读者认为第一个圭多指的是甜美新诗派创始人圭多·圭尼泽利，第二个是指但丁挚友之一圭多·卡瓦尔康蒂。圭多·卡瓦尔康蒂的成就超过了圭多·圭尼泽利，此外，但丁还暗示读者将来会有新诗人把他俩都超越，因此，“或许已降生一位，他将把这位和那位逐出窝巢”。多数读者合理地推断这个“他”是指但丁本人。但丁再一次表现出他的骄傲，然而此处语境和我们在“窃贼篇”中所见的有所不同。精益求精是艺术传统的本性，然而此处所表现出的艺术追求更像是一种虚无和浮华。这些诗行暗示我们有人会超越圭多·卡瓦尔康蒂和圭多·圭尼泽利。但丁的名誉也必然会消失在“世界的噪音”中。但丁在《炼狱》中从更加崇高的视角解读名利，承认成功不过是过眼云烟。不管一个人在人生哪个阶段过世，是鹤发延年还是初生襁褓，他们的名声都不过是沧海一粟。

然而，即使但丁承认名利不过是过眼云烟，他还是没有放弃名利。当贝阿特丽切在地狱边缘探访维吉尔时，她告诉维吉尔他的美名“将和世界一样万古长存”（《地狱》2.59—60）。这句话从另一个角度定义了名誉，暗示说没有任何事物能够磨灭文学作品的伟大。但丁躬身与骄傲者交谈时曾经反省自己；相反，当他在炼狱中遇到嫉妒者时表明自己不愿花费时间在这里：也许是因为但丁并不忌妒任何人。

骄傲不同于虚荣：骄傲指的是我们对于自己的评估，这种估量也许是有据可依；然而虚荣则是指其他人对于我们的认知，这种认知无据可查。但丁对于自己诗艺的自信理所当然，依据古典传统的创作很难卓尔不凡。罗马诗人贺拉斯在《诗艺》第三部中曾说：“我已经创造了一个不可磨灭的里程碑。”他认为他的盛名将和罗马一样永垂不朽。然而，作为一部基督教史诗，《神曲》记录的是一位教徒从地狱到天堂的朝圣之旅，其中最重要的品德就是谦卑。但丁把自己刻画成为这部史诗的主人公，加入大量个人体验，这些个人因素很难融入这次朝圣之路历经的结构中去。

但丁对于传统创作手法做出大量改编和创新，混合传统与个人就是其中之一。他的成功在于能够在诗中混合完全对立的元素。与贺拉斯一样，他也创作了一座“不朽的里程碑”，此外，他还为后世作家们创造了一种新的写作传统，为他们的写作提供了新的视角和机遇。但丁史诗成为永恒的佳作，同时也为后人探索人类境遇提供了样板。

Scandalous Contemporaries

Dante's People

第二章

但丁令人可耻的同时代人

每一部史诗中都有大量人物，但丁在《神曲》中突出强调了另一种人物，使其成为经典之作。例如，维吉尔在《埃涅阿斯纪》中提及维纳斯等神话人物，以及埃涅阿斯和狄多等历史人物。但丁史诗中也谈及这些人物，然而这只占很小一部分比例。他在诗中大量谈及的是他的意大利同时代人。尽管但丁同时代人以及后世读者熟悉维吉尔、埃及艳后等历史人物，但是他们对于贪食者恰科（《地狱》6）、伪造者亚当师傅

(《地狱》30) 等人物还是颇为陌生。此外,《神曲》中有些人物历史背景模糊,很难确认身份,这也给读者和学者们带来了困扰和问题。总而言之,这种写作手法深刻地重塑了史诗传统。从某种意义上来说,但丁摒弃了将神话人物及历史人物作为史诗主人公的传统,一方面将自己定义为史诗主人公,另一方面让同时代人成为史诗角色。《埃涅阿斯纪》的主人公进入地狱探知自己命运如何,告知他们结果的是权威的神话人物:他的父亲安喀塞斯。诗中出现的还有得伊福玻斯等其他神话人物。因此,在这些诗中,权威性人物才会被加以预言历史的任务。

相反,但丁常常让不那么崇高的人物,甚至是无名氏来宣告预言和历史,此外,但丁同时代人通常并不仅仅宣告已经发生什么,预言将要发生什么,他们还会解释这些同时代历史事件为什么发生以及如何发生。但丁将自己同时代人引入史诗主人公领域是《神曲》最为显著的特征之一。

中立者

接下来,我们将分析但丁在《地狱》头八首中所遇到的人物来解读但丁如何呈现历史人物。尽管这部分并未穷尽他与所有意大利人的会面,然而读者也能够通过这些例子感受意大利同时代人在史诗《神曲》中的重要作用。朝圣者但丁在第 1 首中遇到他的导师:罗马诗人维吉尔。朝圣者但丁通过地狱之门之后见到了奔跑的中立者们,他们生前做事犹豫不定、胆小怕事,以至于死后在地狱中连个安身立命之所都没有。他们徘徊在地狱之门的入口地带,也就是地狱“边缘”,忍受牛虻和黄蜂的叮咬,不停地跟着旗子跑来跑去。他们的眼泪顺着身体不断流下,在爬满虫子的腐烂处汇聚成流。

尽管但丁认出其中一位中立者，他并未提及这个人的姓名，仅仅称他为“由于怯懦而放弃重要权位的人”（《地狱》3.60），早期评论者们认为这是指教皇塞莱斯廷五世。需要注意的是尽管但丁并未明确这个灵魂的身份，大多数读者都认为这个人物是但丁同时代人，他们也开始探究但丁如何聚焦意大利同时代人的任务。

在第3首中，当但丁和维吉尔靠近阿克戎河，见到冥府渡神卡伦，我们接触到的仍然是传统的史诗技巧。卡伦是第一个试图阻挠但丁和维吉尔地狱之旅的地狱魔鬼，维吉尔忽视了他让两人后退的命令，后文中遇到阻拦时亦是如此。米诺斯（阴间法官）、刻耳柏洛斯（长了三个头的负责攻击贪吃者的冥界看门狗），以及普路托斯（负责看守贪婪者和挥霍者的狼形魔鬼）都曾试图阻止但丁和维吉尔。但丁笔下的这些魔鬼都来自经典文学作品，例如冥界看门狗和冥府渡神都曾多次在经典作品中被提及。但丁曾在冥河入口处目睹刚刚入地府的灵魂们受到百般折磨，他们怒吼着诅咒上帝，诅咒父母，甚至诅咒自己的生日，但是但丁并未和任何一位搭话。

进入地狱第一层，即地狱边缘，但丁就遇到了中世纪早期的几位伟大诗人和哲学家，其中有贺拉斯、卢坎、奥维德、荷马、亚里士多德、盖伦和阿威罗伊。这些善良的异教徒在但丁笔下都有共同特征。但丁在第1首偶遇维吉尔之后，再也未曾见过另一个个体。他更多的是把地狱居民按照某一特征而不是个体分类。

但丁遇见弗兰切斯卡·达·里米尼

但丁和维吉尔进入地狱第二层之后，遇到了与之前诗人们非常不同的一类人。在第一层地狱时，他们遇到的除了刻耳柏洛斯之类的魔鬼之外，就是同时代意大利人。但丁也许已经意识到要引用古代人物事迹，但是他仍然选择与同时代人进行交流。这些人包括犯邪淫罪者弗兰切斯卡·达·里米尼、暴食者恰科和善怒者菲利浦·阿亨迪。但丁用三种截然不同的方法描述这三个人物，接下来我们可以通过观察他们之间的会面来深入了解。

正如后世几百年的读者一样，但丁在地狱第二层遇见弗兰切斯卡时霎时被她倾倒。在但丁描述她所受到的刑罚中，读者能够感受十足的戏剧张力：

> 我来到一切光都暗哑的地方，这里如同汹涌的大海，正在遭受逆风的抽打。地狱里的狂飙始终刮个不停，它的狂暴裹挟着灵魂不停飘荡；他们随风上下旋转，左右碰撞，痛苦万分。（《地狱》5.28—33）

但丁曾经用“一报还一报”一词来表达刑罚应与罪行相符，犯邪淫罪者“放纵情欲，丧失理性”（《地狱》5.39）。由于他们在阳间淫欲过剩，因此在阴间受到阴风鞭打的惩罚。但丁和维吉尔看见数万股狂飙鞭笞淫欲者，维吉尔认出了其中几位——塞米拉密斯(将通奸合法化以便自己能和儿子乱伦的亚述女王)、埃及艳后克莉奥帕特拉及其情人恺撒大帝和马克·安东尼、海伦（受到帕里斯诱惑而引发特洛伊战争的斯巴达王后)、伟大的希腊勇士阿喀琉斯、帕里斯（诱惑海伦的特洛伊王子）以及特里斯坦（法国布里多尼浪漫故事中的马克国王妻子)。这个名单包括了几位历史上最为著名的情侣。读者大多会期待朝圣者但丁会对他们的故事很感兴趣。

然而，诗人但丁并未如此安排，他没有描述那些著名人物的爱情故事，而是选择两位“永远不会分离”（《地狱》5.74）的保罗·马拉泰斯塔和弗兰切斯卡。弗兰切斯卡是里米尼领主之子吉央西托·马拉泰斯塔的妻子，里米尼是意大利亚得里亚海海滨的一座小镇。保罗是吉央西托的弟弟。关于他们的历史记录非常模糊，根据后人所言，保罗替吉央西托代行婚礼，随后开始追求弗兰切斯卡。吉央西托随后发现二人不忠，于 1282 年或 1283 年将他们分别杀死。多年之后，弗兰切斯卡的侄子曾为但丁提供庇护所。但丁在里米尼期间听闻这对情人之间的逸事。对于但丁来说，这个故事不同于特里斯坦式的浪漫传说，也不同于安东尼和埃及艳后之间情事的道德说教。相反，弗兰切斯卡情感上的背叛以及兄弟谋杀的故事更加新鲜。这并不是来源于史书记载，而是当地传闻。

涉及两位同时代人的重要性不能被忽视，但丁采取此种写法为他的史诗创作开辟了一条新的途径。与维吉尔不同，但丁不仅试图讲述古人事迹，同样尝试记录他自己同时代人的故事。他创造出属于自己独特的男女主人公，并且在记述这些受到诅咒灵魂们事迹时得出自己的结论。这样一来，但丁使得自己所处时间成为《地狱》独特的主题之一，这也使得他能够进一步分析自己所处的时代，并得出这个时代产生退步的重要影响因素是什么。

尽管保罗和弗兰切斯卡并肩而行，但是弗兰切斯卡才是这对爱侣主要的发言人。当来到舞台中心时，她开始叙述爱情的伟大作用，使得读者为之动容。

> 在高贵的心里迅速燃烧起来的爱，使他热恋上我美丽的身体；但这身体却被人夺走，现在仍让我万分痛苦。是爱不容许被爱者不以爱相报，他的英俊使我神魂颠倒，就像你看到的，至今这爱仍未将我抛弃。是爱引导我们同赴一死。该隐圈正在等待那杀害我们的人。（《地狱》5.100—107）

图 2　古斯塔夫·多雷绘《但丁的昏倒》，康奈尔大学图书馆珍稀手稿收藏部供图

我们能够观察到但丁如何刻画这些人物，如何凭借他们自身的力量成为文学传奇。弗兰切斯卡在三个连续的三行诗中不断强调及重复“爱”这个字眼，并且将自己打上欲望的烙印。她将自己刻画成一位历经爱情魔力控制无法自拔的女骑士。这种爱在深陷地狱困境中丝毫不为动摇。在经历地狱永久惩罚时，她继续无怨无悔地享受自己对保罗的爱情。

弗兰切斯卡认为爱“不容许被爱者不以爱相报”，再三强调爱情的伟大力量。但丁也通过她强调了爱情的不可抗拒性。爱情不允许替换，爱的宣言不仅仅是一种世俗的爱，更加是一种精神上的寄托：一个人很难不喜欢爱着自己的人。他们肉体上的互相吸引也同样对此有所体现。她的“美丽的身体”吸引着保罗；就像后者的“英俊”同样使她神魂颠倒一样。然而，她的内心深处充满的并不只有爱情，还有仇恨：她被杀死的方式仍然使她“万分痛苦”。在第三节三行诗末，她诅咒害他们性命的人堕入地狱第九层该隐圈。最终，爱情引导他们同赴一死。

听了两个受伤灵魂的话，但丁请求弗兰切斯卡讲述他们之间爱情的根源，后者回忆了他们共同阅读兰斯洛特被爱俘虏的故事。当两人读到兰斯洛特亲吻格尼维尔（亚瑟王之妻）的片段时，保罗抑制不住，也亲吻了弗兰切斯卡。弗兰切斯卡说那个亲吻导致他们那一天“再也读不下去了”。这位雅致有礼的贵族即使在地狱中还保持着那份尊贵。在陈述这个使她沦陷的瞬间时，她还保持着细心和慎重。这个故事震动了但丁及读者们，但丁本人也曾品尝过爱情的滋味，因此在这一节末尾朝圣者但丁悲痛地昏倒，不省人事。

但丁本可以让兰斯洛特和格尼维尔成为主人公，但是他们最终仅仅呈现为弗兰切斯卡故事的组成部分。但丁倾向于将一位现代妇女及其爱人升级为史诗主人公。

受诅咒者与预言者：恰科论佛罗伦萨未来

但丁接下来遇到另外两位罪人：贪食者恰科和善怒者菲利浦·阿亨迪，这再次证明但丁试图将史诗本土化的决心。两个人物分别代表地狱第三层和第五层灵魂的罪行，我们可以看到这种写法在于创造悬念并为其他作者开辟了主题本土化的全新写作方式。同时，我们对上文出现的弗兰切斯卡已经有部分了解，她是贵族，还是里米尼王后。不过此处出现的恰科则不是如此，历史上没有关于恰科的记载。虽然我们没有任何特殊理由怀疑恰科的存在，但是但丁对其描写的模糊化处理仍然为这部史诗增添了很多神秘色彩。

恰科告诉了但丁佛罗伦萨的命运如何。在《荷马史诗》中，奥德赛在探索未来时曾经与著名先知提瑞西阿斯对话；在《埃涅阿斯纪》中，埃涅阿斯同样进入地狱，在那里他与之前遇到的舵手对话，也与著名神话人物狄多和他的父亲安喀塞斯对话。这些对话对象的选择具有一定逻辑性，但是但丁为何要选择贪食者恰科来商讨佛罗伦萨的政治，读者就不得而知了。《地狱》读者可能也想对此做出猜测。这部史诗的后续章节也会找到类似这样提供创作机会的突破口。

在但丁所处时代，恰科是一个很常见的名字——通常是雅各布的昵称，这个名字也带有“猪”的暗示性。不同于《地狱》中其他大多数历史人物，恰科并不是出身于贵族，而是来自商人阶级或中层阶级，我们仅仅在后来的一位作家笔下才得知恰科的些许事迹。薄伽丘在《十日谈》中曾经讲述过关于贪食者恰科的故事，在他笔下，恰科是一位智者，又是一个贪吃的食客，他经常在富人家吃饭时突然探访，蹭吃蹭喝，同时散播一些小道传闻或故事作为回报。然而，薄伽丘笔下的恰科缺乏有力的证据，因此他的论述常常被人认为是仿照但丁笔下恰科编造出来的人物。更为重要的是，薄伽丘笔下故事成为了第一批引用但丁作品的先例，为后世作者们提供了一个范本。但丁引用同时代人物的创作手法为后世作者们提供了无限的创造力。

两人初见时，但丁并未认出恰科。肮脏的雨、雪和冰雹倾倒在这些贪食者身上，旁人不可能分辨出任何人：

大颗的冰雹、黑水和雪花从浓黑的天空倾泻而下；溅落在地上，发出恶臭。刻耳柏洛斯，那凶残的怪物，它有三个咽喉，朝着那些沉沦此地的人狗吠似的狂吼。（《地狱》6.10—15）

正如《地狱》中很多场景一样，罪行与刑罚形成了强烈对比。贪食通常能让人联想到饮食带来的快乐——这种快乐通常是轻松的、群体的，至少是安慰的。我们能够由此联想到但丁的另一部作品《飨宴》，其中的哲学思想同样是以饮食带来的欢愉做比拟。然而，贪食罪者在地狱中得到的惩罚是独自默默无闻地承受通体被冰冷雨水淋洒之苦。他们仰面躺在腐臭的污泥上，冥府看门狗刻耳柏洛斯在旁发出雷霆般的怒吼，同时抓住这些贪食者，把他们剥皮，一片一片地撕裂。无尽的雨水、冰雹和雪花从黑暗的天空倾泻下来，重重地打在这些罪人身上，使他们像狗一般嚎叫。但丁和维吉尔走在这些犯贪食罪的灵魂中，突然，一个贪食者认出了但丁，他坐起来对但丁说："啊，你这个被引领地狱之行的人，如果你愿意，就认一认我：你降生时，我还没有离世。"（《地狱》6.40—42）恰科告诉但丁在他去世前，诗人就降生了，同时将自己归类为他的佛罗伦萨同伴。但是此处提及佛罗伦萨的话语带有一定的模糊性，因为恰科并未直言佛罗伦萨，而是隐晦地将其称为遍地都是嫉妒的"温床"。恰科所受的苦沉重地打在但丁心上，使他流下泪来。随后但丁迅速将话题转移到政治上来：

我回答他："恰科，你所受的煎熬令我压抑，我不禁流下眼泪；但是，如果你知道的话，请告诉我，这灾难深重城市的市民将会落到怎样的光景；那里是否还有正直的

人；还告诉我，这个城市如此严重不和，原因何在。”（《地狱》6.58—63）

正如地狱中其他受诅咒的灵魂一样，恰科尽管所知有限，但对未来还是有所了解。但丁向他询问佛罗伦萨未来，也给这首史诗增添了格外的神秘色彩。朝圣者但丁问了恰科三个问题：1. 佛罗伦萨未来如何？2. 这座城市是否还有正直的人？3. 民众不和的原因何在？恰科依次以预言的形式回答了这些问题。

他告诉我：“经过长期紧张对立后，将会发生流血冲突。村野派将驱逐另一派，并使他们蒙羞受辱。接下来，再过三年，村野派注定倒台，另一派则借助一个目前还左右逢源的人的力量上台。它将长期统治这个城市，并使村野派备受压迫，尽管村野派为此愤恨难平、羞愧万分。有两个为人公正，却没有人听从他们；傲慢、嫉妒、贪婪是焚烧他们内心的三个火星。”（《地狱》6.64—75）

正如本诗中其他预言，恰科的预言带有极强的影射性，但是同时又充满迷惑性。恰科首先暗指一派被另一派夺权。但丁时代的佛罗伦萨存在两个党派：支持教皇的黑派，支持皇帝的白派。恰科在回答但丁第一个提问（佛罗伦萨这灾难深重城市将会落到怎样的光景）时暗示过牵涉两派的一次重要历史事件：1300 年 5 月 1 日发生在佛罗伦萨圣十字广场上黑白两派的争端。恰科预言“经过长期紧张对立后，将会发生流血冲突”。在这次争端中，确实有来自显赫白派家族的成员被砍掉了鼻子。因此，无数杰出的黑派成员被流放。然而，仅仅不到三年，政治形势大变，黑派重新上台。恰科

“再过三年”这个短语中暗示了这种变化。

黑派将借助“目前还左右逢源的人的力量”重夺政权，早期评论家认为这个人是指在托斯卡纳海岸区域活动的教宗庞尼菲斯八世或者他的和平使者、法国国王之兄瓦卢瓦伯爵查理。恰科将其中一个党派称作“村野派”，暗指这一党派来自佛罗伦萨以外的乡村地带，如今天的菲耶索莱镇和菲利内镇。“备受压迫”也许是指黑派施加在白派身上严苛的条例——不得担任公共机关职务和重税等。

对于但丁的第二个问题，恰科用“有两个为人公正”来做回答。他是否真正意指两个，还是以此暗示佛罗伦萨正直的人数目很少，读者不得而知。但丁的第三个问题佛罗伦萨“这个城市如此严重不和，原因何在”，傲慢、忌妒、贪婪是所有民众不和的根源。从恰科的回答看来，佛罗伦萨这座城市已是罪行斑斑，读者会形成这样一种印象：正义已在佛罗伦萨消失殆尽，分裂的政治和社会组织已使它四分五裂。

佛罗伦萨政权易主在本诗中发生在1300年。有些“预言”仅仅是简单地重复过去——重复过去已经发生的事情，而但丁早已知晓这些事件带来的后果。这种预言会使得预言者即刻拥有权威性，他的其他预言也会变得更加重要。预言本来就带有神秘色彩，这种行为需要预言者具有破译和解码的能力。在但丁笔下，预言者对后人已知和未知的两种事件进行预言又给这种行为增添了更为广阔的意义。探究佛罗伦萨和意大利政治走向对但丁一直致力的社会和宗教改革都非常重要。通过但丁与这些灵魂的会面，我们略微了解了佛罗伦萨分裂的原因。但丁三部曲每一部的第6首都是围绕政治展开的，他首先在《地狱》中揭露佛罗伦萨分裂的原因，其次在《炼狱》中分析意大利分裂的原因，最后在《天堂》中记录了整个帝国分裂的原因。这些分析逐渐由小到大、由地方到整个宇宙范围，为探究历史提供了一个很好的视角。

但丁在这部史诗中描写很多相遇场景时都遵循这个模式，我们经常能够遇到这样的角色，他本人的历史身份很模糊，但是却承载着分析很多历史事件和原因的任务。这种处理具有一定的讽刺意味：某个历史上特定的言语是通过诗人杜撰出来的人物口中讲述给读者。但丁通过这种处理给读者留下了一定的空间，这种空间看来是神秘的，因为读者试图通过查证历史资料来证明；但也是一个机会，给后世作者留下了模仿的对象。

遇到善怒者：菲利浦·阿亨迪

但丁随后遇到另一位佛罗伦萨人：善怒者菲利浦·阿亨迪，他们的这次会面在读者心中激起很多问题，同时也给读者带来了另一种疑惑。和恰科相比，菲利浦·阿亨迪的历史背景较为清晰。但是我们并不清楚为什么但丁要对他如此严厉。当菲利基亚斯驾船把但丁和维吉尔渡过斯提克斯沼泽时，菲利浦·阿亨迪突然出现了。这位满怀愤怒不能自已的灵魂深陷在沼泽地中，由此，对善怒者的惩罚显而易见：他们在前世被愤怒蒙蔽了双眼，无法做出正确判断，因此在后世便被厚重的泥污包裹和蒙蔽。

在两位诗人渡过沼泽时，菲利浦·阿亨迪试图撞翻船只，由此但丁和他之间爆发了一场激烈的争执：

> 我们正在那一潭死水中前行，忽然一个满身污泥的人出现在我面前，他说："你这个提前到来的人是谁？"
>
> 我对他说："我确实来了，但我不会停留；可你是谁，弄得身上如此肮脏？"
>
> 他答道："你可以看出，我是个受苦的人。"

于是我对他说："该诅咒的灵魂，继续在这里受苦、悲痛吧；尽管你浑身泥污，我还是认得你。"

这时他伸出双手抓向小船，机敏的老师立即把他推开，说道："快跟其他的狗一起滚开！"（《地狱》8.31—42）

这个一触即发的场景与之前有很大不同，尽管菲利浦·阿亨迪不想透露他的身份，但是但丁格外强调了这一点——还回忆到菲利浦·阿亨迪为何被诅咒到地狱中来。他们二人之间的争论也非常值得深入分析：两人互相重复对方的话语来嘲讽、激怒对方。（例如，菲利浦·阿亨迪说道："我是个受苦的人。"但丁随即回答："继续在这里受苦、悲痛吧。"）我们从这里可以判断但丁很有可能早已掌握了说唱中的重复手法。

维吉尔的反应同样使读者大吃一惊：他对但丁如此对待菲利浦·阿亨迪持肯定态度，这在整部史诗中也是唯一一次他认同但丁如此残忍地对待其他灵魂。当但丁表现出急切想要看到其他灵魂痛打菲利浦·阿亨迪的愿望时，维吉尔也予以了赞同。但丁的复仇得到酣畅淋漓的回报：

片刻之后，我就看到那些浑身泥污的人把那人撕裂，我再次赞美上帝，感谢他使我的义愤得以宣泄。大家都在大喊："痛打菲利浦·阿亨迪！"那个狂怒的佛罗伦萨灵魂气得用牙痛咬自己。（《地狱》8.58—63）

这里用于描写菲利浦·阿亨迪受到折磨的预言非常唐突，本是一次仅仅让人感到不快的惩罚似乎变得非常可怕了。但丁看到其他愤怒的灵魂撕裂菲利浦·阿亨迪时非常高兴，许多现代读者对此迷惑不解。但丁对菲利浦·阿亨迪如此具有报复性的行为与其之前对待其他灵魂的态度形成了鲜明的对比：朝圣者但丁为了弗兰切斯卡的遭遇悲痛地晕厥；为了恰科的命运哭泣；为了贪财者和挥霍者受到的惩罚感到刺痛全身的难过。

但丁对菲利浦·阿亨迪满腔的愤怒以及维吉尔对此的态度在读者心中引起了很多迷惑，这首史诗本身并未对此多做解释。菲利浦·阿亨迪本人的背景也并不能对此做出全面的解答。他是一名佛罗伦萨的贵族，属于黑派阵营。他的家族异常富有，但是由于总迫害他人而变得声名狼藉。菲利浦·阿亨迪本人是一个善怒、喜好欺凌他人的恶徒。他还喜欢炫耀财富，据说他曾经给马蹄打造银质马蹄铁，因此阿亨迪这个名字能让人想到“银白色”，也就是银子的意思。

但丁如此仇视菲利浦·阿亨迪还有他自身的原因，阿亨迪的弟弟在但丁流放期间占有了他的所有财产，同时阿亨迪家族曾经强烈反对但丁返回意大利。也有早期读者指出菲利浦·阿亨迪当众扇过但丁耳光。由于缺乏证据，我们只能对此做出无根据的猜测和臆想(薄伽丘关于恰科的故事同样提及菲利浦·阿亨迪)。这一节也使得我们回想起但丁独特的写作风格给读者留下很多想象的空间。如果早期读者和研究者未能确定但丁笔下人物身份，那么后来者便可以就这些人物进行更多创作。

弗兰切斯卡、恰科和菲利浦·阿亨迪仅仅是但丁在地府中碰到的多位意大利人中具有代表性的几位而已。与炼狱和天堂相比，但丁在地狱中遇到的意大利人较多。这些会面还包括法利纳塔·德里·乌贝尔蒂（保皇党首领，《地狱》10）；布鲁内托·拉蒂尼（公证员、哲学家和修辞学教师，《地狱》15）；乌格里诺（保皇党贵族成员，《地狱》33）等。

这些会面也反映了但丁将史诗本土化写作手法带来的张力。当提及诸如荷马、亚里士多德等名人时（《地狱》4），他会额外解释这些人的身份和作为。但丁希望读者在阅读过程中结合理解这部史诗所需要的背景来挖掘其中深意（对于现代读者而言，这就意味着他们需要迅速浏览所读版本附带的解释说明）。在此，值得注意的是，但丁似乎希望读者在阅读弗兰切斯卡、恰科和菲利浦·阿亨迪等人物故事时能够做同样的准备工作。他似乎希望读者能够自动意识到这些任务的重要和特别之处。然而，时光荏苒，这些历史人物的身份逐渐被岁月抹去，读者很难完全理解但丁在这些人物身上附加的深意。在但丁笔下，这些意大利人似乎和其他经典的宗教和神话人物一样知名，这也是但丁史诗的一个重要特征。正是由于这一特征，这部作品才为后世读者们提供了如此多的可挖掘的空间。

更深层地狱中的意大利当地和神话人物

如果我们仔细阅读《地狱》中涉及神话和意大利当地人物的章节，我们会发现但丁还是把更多的注意力放在同时代意大利人身上，第 18 首尤其体现了这一点。在那里，我们遇见了两类受到诅咒的亡灵——一类是犯淫媒罪者和诱奸者，另一类是犯阿谀罪者，这些灵魂都被浸泡在屎尿中。有很多细节都能够体现但丁对描写意大利同时代人物的极大兴趣。在描述与伊阿宋会面之前，但丁首先记录了与意大利人维奈迪科·卡恰奈米科会面的场景。尽管伊阿宋身上有很多点可以挖掘，但是但丁还是把更多笔墨放在了维奈迪科身上。没有如维奈迪科所愿，但丁第一眼就把他认了出来。他是博洛尼亚教皇党领袖之一，管辖着数个城市的教皇党派。维奈迪科被但丁“明确的话语迫使”供认了自己的罪行：

我就是那个唆使吉佐拉贝拉去满足侯爵意愿的人，无论人们对这件可耻的事如何记载。（《地狱》18.55—57）

正如维奈迪科自己所说，他诱骗妹妹吉佐拉贝拉与埃斯特侯爵通奸而受到诅咒进入地府。

但丁不仅对伊阿宋缺乏兴趣，甚至是在描述细节方面，他关注更多的是意大利历史事件，而不是神话故事。维奈迪科继续告诉但丁他并不是地府唯一一个来自博洛尼亚的犯淫媒罪者。

在这里受苦的不只我一个博洛尼亚人；恰恰相反，这个地方已被他们塞满，就连萨维纳河和雷诺河之间的地区，现在都找不到这么多会说“sipa”的舌头；如果你想得到有关的证据，只需想想我们视财如命的本性吧。（《地狱》18.58—63）

大多数译者都不翻译“sipa”一词，它在中世纪博洛尼亚语中意味着“是”。但丁采用这个方言，来强调犯淫媒罪的博洛尼亚人人数众多。

维吉尔描述了伊阿宋的王者气概、对待惩罚不为所动的淡然以及对金羊毛恒久的追求等。他还记录了伊阿宋的多情：他用“倾心爱慕的姿态和花言巧语”欺骗了少女许普西皮勒，在她怀孕后撇下她孤零零一人在那里。他背叛许普西皮勒与美狄亚纠缠，随后又抛下美狄亚与克柔萨结婚。维吉尔陈述期间，但丁仅仅在旁沉默恭听，并未发表言论。

另一组古典神话人物和意大利本土人物之间的对比同样能够体现但丁对描述意大利当地人物的偏好。遇见犯淫媒罪者和诱奸者之后，但丁和维吉尔遇见了犯阿谀罪者。但丁认为阿谀罪是一种骗术，因为阿谀带来的夸张和歪曲事实等后果扭曲了社会既有事实。正是宫廷制所特有的拜占庭式的主仆关系和特权等级催化了阿谀罪的诞生。这里的“一报还一报”是将阿谀者浸泡在排泄物中，也就是现代读者很容易理解的“屎尿”等污物中。然而，但丁对此还有一层考虑，他用此处粗俗的预言表示阿谀罪相较于其他罪行来说更具危害性。

在所有犯阿谀罪者之中，但丁遇见了（露凯希家族的）阿莱修·殷特尔米奈伊和塔伊斯（古希腊泰兰斯喜剧作品中曾经出现过的名妓）。但丁首先介绍了阿莱修：

> 我们来到那里，我朝下面的沟壑望去，有许多人浸泡在粪便里，那些粪便就像从人间的厕所流出来的。我用目光向下搜寻，这时看见一个人的头肮脏不堪，满头粪汁，简直看不出他是僧侣还是凡俗。他向我喝道：“你为何这样目不转睛地盯着我，而不去看其他肮脏的人?”我回答他：“如果我没有记错的话，我见过你，那时你的头发是干的，你是阿莱修·殷特尔米奈伊。”（《地狱》18.112—123）

但丁对阿莱修·殷特尔米奈伊的描写堪称恶心至极，这些描写再一次证明了犯罪者承受的惩罚如此恶劣以至于他们外形改变巨大，几乎认不出他们原来的面貌。阿莱修的头颅“肮脏不堪，满头粪汁”，简直看不清他是僧侣还是凡俗。（僧侣们都削发，还能辨别一二；而凡俗的头发被粪液浸泡，根本分不出原来的面貌。）正如早前出现的菲利浦·阿亨迪一样，但丁辨认出臭名昭著的阿莱修·

殷特尔米奈伊后倍感兴奋。他充分利用这个机会去羞辱阿莱修，但丁说他在阿莱修头发“干”的时候见过他，意味着他曾经在阿莱修生前没有粪便满身的时候见过他。

相反，但丁在遇见名妓塔伊斯时，她正在用“沾满大粪的”指甲抓挠自己。但丁并未过多关注塔伊斯，他的兴趣一直都集中在菲利浦·阿亨迪和阿莱修·殷特尔米奈伊等人物身上。但丁在呈现地府中人物时带有非常明显的选择倾向，他也希望读者能够看到这一点。

在《地狱》中也有著名古典人物占主导的例子，例如第26首中尤利西斯的话语必然会给每一位读者留下深刻的印象。然而，更多的著名经典人物仅仅是作为背景出现，但丁在第14首遇见与其他六位英雄攻打底比斯的卡帕纽斯却并未与其交谈：维吉尔指出这位亵渎者所犯的过错，但丁仅仅在旁倾听。当但丁在第20首遇见女巫曼托，在第28首遇见罗马护民官库里奥时，也是默默在旁听从维吉尔的教导。但丁在这几个场景中就像一位观看列表中不同景色的游客而已。但丁不断将重点集中在描写同时代意大利人上，想要通过读者更为熟悉的人物来引起共鸣。这种写作手法成为但丁史诗最为显著的特征之一，而弗兰切斯卡等人物也因此成为和埃及艳后及海伦一样著名的人物。但丁也因此给后世作者们留下更多新的创作空间。

第三章

分裂的世界：政治、战争和流放

读者可能会认为但丁此次自我救赎之旅不会涉及政治和派系斗争问题，然而，但丁在《地狱》中多次提到 13 世纪意大利分裂的政治局面。公元 800 年，查理曼大帝征服意大利，建立了罗马帝国；公元 962 年，日耳曼人占领罗马。公元 1122 年，罗马和各个城市经过将近 50 年斗争赢得独立。

这些区域划分使得罗马战局不断、形势动荡。德国霍亨施陶芬王朝皇帝倾向于留在德国。但丁将所有战争纷扰都归因于罗马没有一个得力君王，只有一群渴望得到权力的教皇，他们为了一己权力不断扩大教会领土。但丁非常了解派系斗争带来的后果，并在《地狱》中深入分析了其原因和后果。正如读者可能预料的，他的大部分分析都集中在佛罗伦萨这个他最为熟悉的城市中。

在《地狱》中，但丁并未从理论角度谈论政治，而是专注于列举政治斗争的细节。史诗中大部分政治现象都局限于但丁时期的意大利。我们可以从中再次体会但丁对描述意大利本土人物的偏好及其对于《地狱》最终形态的影响。

圭尔夫派与吉伯林派

圭尔夫派与吉伯林派是中世纪意大利的两个主要党派，圭尔夫派得名于德国著名王朝韦尔夫王朝，他们拥护教皇，逐渐成为教会党派；吉伯林派得名于德国城堡威伯林根，代表封建势力，他们拥护神圣的皇帝，成为皇帝党。为了将对手驱逐出意大利，圭尔夫派与法国君主结盟。意大利不同城市也纷纷加入两个党派的不同阵营，博洛尼亚、佛罗伦萨、蒙特布查诺、奥维多、卢卡和热那亚拥护圭尔夫派；皮斯托亚、阿雷佐、比萨和锡耶纳支持吉伯林派。1260 年至 1315 年间，两派之间爆发六次战争，更不用说很多小范围的暴力冲突。在 1266 年爆发的贝内文托之战中，安茹的法兰西查理一世带领圭尔夫派击败腓特烈二世之子曼弗雷德带领的吉伯林派。随后，吉伯林派势力逐渐被削弱。然而，意大利并未因此获得安宁，圭尔夫派逐渐分裂成著名的圭尔夫白派和圭尔夫黑派。黑派与原圭尔夫派达成联盟，而白派与之前的吉伯林派达成合作。黑派和白派的说法来自于另一座托斯卡纳城市皮斯托亚的两个敌对派别名称。

但丁在《地狱》中多次谈及意大利党派斗争及其带来的后果。他与不同意大利居民碰面、交谈，深入挖掘佛罗伦萨、意大利，甚至是整个帝国产生分裂的原因。这种设计的原因有一部分来自于但丁本人的经历：他曾经因为两个党派的斗争而被放逐海外。但丁在与不同灵魂交谈中插入自己的亲身经历，从而将个人和国家政治局势紧密联系在一起。

地狱中最黑暗的灵魂

但丁在第6首中为后文探讨政治问题打下良好基础，正如我们在前一章中所见，但丁遇到贪食者恰科时迅速开始与其探讨政治问题。恰科的预言将读者视线转移到他们更为熟悉的历史事件上，并引起读者进一步对其进行思考。最终，通过对政治问题原因和结果的探究，但丁笔下的历史事件被赋予了更高层次的意义。这些预言暗示着历史不仅仅是对所发生事件的记录，更是具有连贯性和意义的故事。

《地狱》第6首及其他探讨意大利政治问题的章节，对于但丁探求的社会和宗教改革来说具有重要意义。一般来说，但丁通过两种方式引出这些变革：第一，直接批判糟糕的现状；第二，通过颂扬过去的美德和传统间接批判现状。在与恰科的会面中，但丁批评了佛罗伦萨现有敌对党派。他问了恰科三个问题（佛罗伦萨未来如何、这座城市是否还有正直的人、民众不和的原因何在），随后，他又询问恰科五个人物的命运如何：

> “法利纳塔和戴齐侯是两位值得尊敬的人；雅各波·卢斯蒂库奇、阿里格和莫斯卡以及其他把聪明才智用于做善事的人，请告诉我，他们都在哪里，请让我知道他们的情

况；因为强烈的愿望使我急于了解，他们是在天国享福，还是在地狱受罪。”他对我说：“他们正在与最黑暗的灵魂为伍；不同的罪恶把他们打入地狱的底层；你如果能到地狱的更深层，你就可以看到他们。”（《地狱》6.79—87）

读者可能会问但丁为什么要询问这五个人的命运？阿里格这个人物不为读者所知，但丁在下文中也并未再次提起。其他四位则是早期的著名政坛人物。但丁将这几位人物犯罪都定位在政治领域，紧紧围绕关键政治事件进行。直到第 14 首，朝圣者但丁才与古代神话人物等产生面对面交流。相较而言，但丁对当代世界较为感兴趣，上文提到的五个人物都是意大利人，其中三位法利纳塔、戴齐侯、雅各波·卢斯蒂库奇都曾参加过血腥的蒙塔培尔蒂之战（1260），而莫斯卡则是与两派分裂有关。

历史背景给但丁关于灵魂受诅咒和救赎等问题增添了更加丰富的语境意义，恰科毫不犹豫地回答了这个问题。这些最黑暗的灵魂都在地狱中：法利纳塔是异教徒，戴齐侯、雅各波·卢斯蒂库奇是鸡奸犯，莫斯卡是挑拨离间者。

恰科就像是一位地狱导游，他给但丁的答复暗示了关键政治人物的去向，为《地狱》提供了另一种结构。但丁格外强调政治的重要性，这也引起了读者更多期待。维吉尔在第 11 首中解释了地狱的等级分类及如何进入地狱的路径，但是还有其他通向地狱的道路。

法利纳塔与蒙塔培尔蒂大屠杀

在从恰科处了解到法利纳塔同样受到诅咒下到地狱之后，朝圣者但丁开始期待与其碰面，诗人但丁的笔触也使得读者开始有同样

图 3　阿尔勒阿利斯堪普斯石墓，黛博拉·帕克拍摄

的期待。在《地狱》所有关于政治的探讨中，这一部分最为重要。但丁在第 6 首始就曾向维吉尔表达想要与燃烧墓穴中灵魂会面的愿望，由此可见，他对于这次会面极为兴奋和重视。法利纳塔作为异教徒被放逐出佛罗伦萨，因此但丁预感法利纳塔在地狱中也将会是以异教徒的面貌出现。

但丁和维吉尔刚刚抵达地狱更低层，就遇见了异教徒。但丁将第六层地狱比作一个巨大的墓地，他在写作中频繁引用真实地点以帮助读者想象地狱中的不同地形。地狱第六层与法国南部阿尔勒市的石墓和伊斯特拉半岛罗马普拉墓地相类似（见图 3）。

对于景色描写的把握再次向读者证明了但丁卓越的创作技巧，他在勾勒地狱时多次借助现实传统。首先，他将地狱边缘的灵魂同异教徒区别开来，异教徒否认上帝，也否认教会教义。（而地狱边缘善良的异教徒和未受洗孩童从未意识到有上帝这回事。）其次，但丁通过强调伊壁鸠鲁派否认灵魂不朽的特点来充分说明异教徒的特征。但丁还把异教徒在地狱中所受刑罚与他们在前世所受惩罚紧密联系起来。他在墓地中看到的第一幅场景就是犯罪灵魂们被捆在柱子上活活烧死，这让读者联想到中世纪异教徒所受的类似刑罚。这一幕具有强烈的讽刺意味，否认永生的灵魂将遭受永世的烈焰吞噬，他们的后世在地狱中活受罪。

但丁笔下景象同时冲击了读者两方面的感官体验：灵魂在墓中被火焰煅烧的景象给读者带来强烈的视觉体验，而他们所唱的哀歌又给予读者听觉冲击。但丁靠近墓前，听到其中一位异教徒法利纳塔开口说话。法利纳塔从但丁口音认出他是佛罗伦萨人，因此开始询问佛罗伦萨的消息。然而，这种友好礼貌的氛围并未持续很久，两人谈话转向政治之后，我们能够看出法利纳塔对政治非常狂热。然而，但丁的反应却让我们倍感惊讶。起初，他被法利纳塔突然的问话惊住，陷入沉默之中。维吉尔不得不催促但丁回答法利纳塔的提问。

> 但他对我说："你怎么了？转过身去！看那边法利纳塔已站起来；他腰部以上你全部看得见。"
>
> 我已把目光对准他的目光；只见他昂首挺胸直立，似乎对地狱极为蔑视。老师用他鼓励、敏捷的手把我推到坟墓丛中的他跟前，说道："你说话要得体。"（《地狱》10.31—39）

法利纳塔是地狱中最让人有压迫感的灵魂之一，他从坟墓中站起身来，从腰部以上全部看得见；而另一位灵魂卡瓦尔康蒂则只露出下巴。法利纳塔坚定地站在但丁面前，好像"对地狱极为蔑视"（《地狱》10.36）。维吉尔这时就像一位急切催促但丁走上舞台的母亲，将他推到坟墓丛中，提醒他说话要得体。

吉伯林派人法利纳塔很快就主导了整个对话，他首先质问但丁的祖先是谁。这个问题表明法利纳塔对政治问题，尤其对党派问题非常重视。他能从但丁的回答中很快判断对方是敌是友。从此处开始，法利纳塔对但丁的态度完全聚焦在两人到底是同盟还是敌人的问题上。对于军人法利纳塔来说，弄清政治立场这个问题首当其冲。随后，但丁的回答使得法利纳塔得知他来自于圭尔夫派。（尽管但丁对吉伯林派持有同情态度，但是他在文中还是将自己定位为圭尔夫派。）法利纳塔发现但丁只是一个来自圭尔夫派的小贵族时，他的眉毛轻轻上扬，充分暴露了他对对方的蔑视。

法利纳塔的反应佐证了但丁对于人物姿态的良好刻画，但丁与法利纳塔的简短会面中，法利纳塔皱起的眉毛、抬起的头以及放在嘴唇上的手指都为这个人物简洁明了的刻画增色不少。作为一名诗人，但丁卓越的技巧部分就在于能够传神地刻画人物姿态，即使当今读者也能够简单明了地理会其中深意。

一旦话题转到政治方面，两人之间刚见面时的轻松气氛便被剑拔弩张取代了。

> 我一心只想依从他，对他并不隐瞒，因而把一切告诉了他；他听了把眉毛稍稍向上一扬，随后说道：“他们激烈地反对我，反对我的祖先，反对我的党派，所以我先后两次驱逐了他们。”我回答他说：“尽管他们被赶走，但他们又从各地返回，两次都是如此，而你们的人却没有学好这种本事。”（《地狱》10.43—51）

当法利纳塔得知但丁来自圭尔夫派之后，便将他视作敌人，炫耀吉伯林派两次驱散敌人。这里他指的是 1248 年他带领吉伯林派将圭尔夫派赶出佛罗伦萨，以及流亡的锡耶纳人和佛罗伦萨吉伯林派合力在1260年蒙塔培尔蒂战役中击败圭尔夫派。

尽管但丁起初保持沉默，但是他仍然坚定地回答了法利纳塔提出的问题。两者相较而言，但丁更胜一筹，他指出如果说圭尔夫派两次被驱逐出境，他们至少每一次都成功回到意大利。第一次是在1266年贝内文托之战安茹的查理一世击败国王曼弗雷德和吉伯林派之后；第二次是在1268年塔利亚科佐之战中安茹的查理一世击败腓特烈二世孙子康拉丁之后。最后，但丁嘲讽法利纳塔吉伯林派没有学好从流放中返回故土的本领。

两人之间的对话气氛变得越发剑拔弩张，但丁模仿圭尔夫派祖先的说话技巧来反驳法利纳塔犯了将佛罗伦萨分裂的分裂教会罪，这一罪刑甚至早在他诞生之前就已存在。两人之间的谈话典型地呈现了当时的政治辩论，法利纳塔的话语显示他与佛罗伦萨政治形势紧密相连，甚至在地狱中被火床灼烧时都时刻牢记自己的政治立场及使命；但丁的回答也表现出他对佛罗伦萨政治局势的热切关注，甚至在地狱中进行精神上的朝圣之旅时都不例外。最终，朝圣者但丁用“你们的人却没有学好这种本事”嘲讽对手。随后，但丁与卡瓦尔康蒂交谈，法利纳塔伫立在旁，神色丝毫不为所动。卡瓦尔康蒂向但丁询问为何他的儿子圭多和但丁一样有才华，但是却未来到地狱朝圣。但丁解释说是维吉尔指引他来到地狱。

当但丁和法利纳塔重新开始对话，他们仍然围绕之前的话题。法利纳塔预言但丁本人将被放逐，以此来反驳但丁关于吉伯林派的不敬言论。

> 统治这里的那个女人的脸不用照亮五十次，你就会领教那本事的后果有多严重。（《地狱》10.79—81）

这是《地狱》中第二次预言但丁将被驱逐，恰科早前曾经预言在“三年”之内，“村野派”（白派，白派的色赤家族来自佛罗伦萨郊区农村地区）就会倒台（《地狱》6.67）。

正如诗中所有其他预言性的语言一样，此处语言同样带有极强的神秘色彩，需要读者仔细揣摩。那个女人的脸是指月亮女神珀尔塞福涅。50 个月之后，也就是 1304 年 6 月，但丁和其他白派成员一起被放逐，他清楚地明白自己返回佛罗伦萨的希望非常渺茫。法利纳塔对但丁命运的预言和他自己的命运十分相像，吉伯林派没有学会如何在放逐中反击的“本事”使得法利纳塔备受折磨，甚至比他在地狱中忍受烈焰更加痛苦。个人经历与国家政治再次紧密结合起来。

从更广泛的意义上说，法利纳塔的预言终止了他与但丁之间的辩论。正如法利纳塔所追求的，任何情况都应该简洁化，就像他对对方直接发问，从而判断对方是敌是友一样。但是两人的谈话以放逐一事告终，他们都未曾意料到彼此会在这一点上达到共通。因此，无论他们之前的辩论多么热烈，两人之间的差异也没有他们料想的那么绝对。

法利纳塔接下来表达了他对家人的担心，就像卡瓦尔康蒂此前询问儿子圭多近况一样。他接下来问但丁：“为什么那里的人民制订的一切法律对我的家族那样残酷无情？”（《地狱》10.83—84）为了表示友好，他甚至在问这句话前祝愿但丁“但愿你能回归那甜蜜的世界”。对于法利纳塔这样一个如此关心民生的人而言，世界就是一切。他在 1283 年被逐出教会；他的尸骨被掘出四散在各地；他子孙的财产都被充公。从此处开始，焦点便从法利纳塔的责任转移到后世子孙身上：我们能够看出但丁和法利纳塔存在共同之处，他们的孩子都被放逐出佛罗伦萨。佛罗伦萨官员惩罚但丁的同时也将他的子女放逐。因此，尽管但丁和法利纳塔两人属于不同政党，但是他们的子孙后代都遭遇了同样的不公正待遇——都因为党派纠纷被放逐出佛罗伦萨。

但丁回应说佛罗伦萨人不会忘记1260年蒙塔培尔蒂战役，大约三万名佛罗伦萨人与两万名锡耶纳人和帝国军队参战，其中有一万名佛罗伦萨人在此次战役中丧生，以至于阿尔比亚河都被鲜血染红。佛罗伦萨人之所以如此憎恨法利纳塔，这也算是很重要的原因之一。

蒙塔培尔蒂战役的回忆让法利纳塔非常痛苦，这从他的另一个意味深长的动作中就可见一斑，他摇了摇头，回应说他并不是唯一一个战役指挥官，然而他却是唯一一个站在战后恩波利议会的军人。其他吉伯林派人想要将佛罗伦萨夷为平地，破坏殆尽，而他却在努力保全这片故土。法利纳塔再次将自己定义为吉伯林派，但是从此处看来，他又不仅仅是一名吉伯林派人。但丁在此次对话中得知自己将会被流放。

布鲁内托和佛罗伦萨错综复杂的分裂根源

但丁与法利纳塔的会面进一步强调了过去，强调了两党之间的长期争执和敌对。而他与布鲁内托·拉蒂尼的会面则继续探讨了佛罗伦萨长期分裂的原因。布鲁内托·拉蒂尼（1220—1294）是一位雄辩家、伦理学者、诗人和人民公仆。但丁出生时，45岁的布鲁内托代表了前一代游学政治家。布鲁内托在西班牙执行外交任务时得知圭尔夫派在蒙塔培尔蒂战役战败，随即前往法国避难，直到1266年吉伯林派战败才返回佛罗伦萨。在法国期间，他写下了《宝贝》和《小宝贝》两本书，记载了中世纪历史、自然科学、道德和修辞等方面的知识。1266年贝内文托之战后，布鲁内托一直定居法国，直到1294年去世。诗人但丁和布鲁内托之间存在紧密的联系，他们都是圭尔夫派。布鲁内托的遗嘱是："请现在把我的《宝贝》托付给你，这是我得以永生的凭借。"两人都是作家，布鲁内托还是但丁的导师。

布鲁内托因为犯鸡奸罪被贬到地狱第七层受罚（鸡奸是中世纪关于同性恋罪的法律术语），而在但丁笔下，这里是地狱中最为复杂的地方。所有暴力者都再次受罚，根据暴力施加对象不同，分布在三层不同的地方：第一层是对他人施加暴力者；第二层是自杀或者对自身施加暴力者；最内层是对上帝施加暴力者。亵渎神明者、鸡奸犯和高利贷者都在最内层受罚。他们住在一片贫瘠的沙漠上，忍受着雪片般的火雨从天而下，点燃了地面的沙土，裸着身体的灵魂们几近面目全非。

但丁和布鲁内托之间的会面是与所有灵魂会面之中最为私人的，年迈的布鲁内托和年轻的但丁之间的关系很难界定，布鲁内托去世时，但丁29岁。根据但丁本人所说，他从布鲁内托身上学习到很多关于哲学、公民领导力、修辞和诗律等方面的知识。我们能够确定的是但丁很熟悉布鲁内托，并从他的作品中获益匪浅。这为两人之间的这段最为私人、最为模糊、最为难懂的章节奠定了基础，但丁既颂扬了这位诗人，也对其提出了某些批评。他们的对话正如但丁与保罗、弗兰切斯卡和法利纳塔的对话一样复杂。但丁谴责布鲁内托是一位冥顽不灵的鸡奸犯，但是同时尊崇他是一位给予后人指导的师长。但丁对于布鲁内托的最后评价是肯定性的："他转过身，像维罗纳越野赛那些参赛者一样争先恐后地跑去争夺绿旗，并且像一个优胜者而不是失败者向前冲去。"（《地狱》15.124）

两人相认之后谈论了很多，其中有受永恒苦刑的队伍（《地狱》15.34—42）、但丁在维吉尔引导下返回家园（《地狱》15.46—54）、但丁潜在的无上荣光的命运（《地狱》15.55—60）、佛罗伦萨人的腐败以及但丁将会被放逐的命运（《地狱》15.61—78）。这次会面以但丁回忆布鲁内托对自己的教导告终，但丁批判他的同时，也颂扬他为教会自己“得以永生”的人。名望对于但丁而言非常重要，如果说他对于名利的渴望在地狱之旅中不断被纠正，那么可以说他已经准备好听任命运女神的随意安排（《地狱》15.88—99）。因此，无论多少灵魂提到他将来会被放逐，但丁已经能够淡然处之。

布鲁内托给佛罗伦萨分裂根源提供了新的启示：这个城市长期分裂存在根深蒂固的原因。在涉及政治之前，布鲁内托首先告诉但丁他已经预见到但丁的远大前程，同时遗憾自己不能再给予但丁指导。佛罗伦萨被无尽的党派争端困扰，以及布鲁内托的去世阻断了公民和政治教育的进行。布鲁内托充分利用了他在世的大部分时光，从第 61 行开始，他解释了佛罗伦萨动乱的原因所在：

> 但是那些忘恩负义、心肠邪恶的市民，他们来自古老的菲耶索莱，仍然不改山野和顽石般的本性。由于你做尽善行，他们将与你为敌；这是有原因的：因为在酸涩的山梨树中，不可能让甘甜的无花果树结出果实。他们在世间已臭名昭著，被称为有眼无珠；他们是贪婪、嫉妒、狂妄的人，你应当小心，不要沾染上他们的习气。你的命运使你得到无上荣光，因而这一派或那一派都恨不得把你生吞活剥；你一定要像青草远离羊口一样远离他们。让菲耶索莱的畜生们把他们的同类互相作为饲料吧。如果在他们那样的粪堆里居然还长出植物，万不可让他们触碰，因为那

是罗马人神圣的种子在复活，正是在那万恶的巢穴建造时，罗马人将种子留下。（《地狱》15.61—78）

布鲁内托对佛罗伦萨的猛烈抨击体现了但丁对自己被流放感到不公，同时对佛罗伦萨政治腐败和派系斗争感到反感。布鲁内托批评佛罗伦萨人是“贪婪、嫉妒、狂妄的人”，这与但丁在第6首中对佛罗伦萨人的评价不谋而合。更重要的是，他还指出佛罗伦萨人祖先构成情况复杂，因此造成了这座城市易于分裂的特性。佛罗伦萨人原本是指位于佛罗伦萨附近某个小镇上“忘恩负义的”、心肠邪恶的菲耶索莱市民。然而，罗马人在古典时代时曾经追捕阴谋叛变的加蒂兰时机缘巧合地来到了佛罗伦萨。随后他们决定在此定居，与之前的菲耶索莱迁来的家族混合居住，因此整个佛罗伦萨居民内部分裂性很强。

总结了同乡人性格特点之后，布鲁内托从第64行开始转向但丁：“由于你做尽善行”（此处可推断为但丁遵纪守法、道德状况良好），他们将与你为敌，因此但丁，也就是第66行所称的“甘甜的无花果树”，应该远离这些好战的同伴，因为没有水果会在如此恶劣的气候中开花结果。黑白两党将会拉拢但丁，但是布鲁内托提醒他“青草”（但丁）必须远离“羊口”（但丁野蛮的同伴）。根据历史记载，但丁与被放逐的其他白派之间就如何重返佛罗伦萨存在争议，因此后者对但丁颇有微词。

布鲁内托的预言随后变得更加分散，但是也更加有力。他在之前将但丁比作甘甜的无花果树，随后建议“青草远离羊口”。野蛮的菲耶索莱人应该自己相互作为饲料，植物（第74行）这里不仅仅指无花果，同样让人联想到“神圣的种子”：罗马迁来的佛罗伦萨人。在邪恶的、自大的、忘恩负义的“粪便”中，“甘甜的无花果树”也有可能开花结果。诗人但丁在此处要表达的寓意并不止于此：这些粪便也许会恶化剩余的“罗马人神圣的种子”生存的环境，但是也有可能使得他们生长的土地更为富饶。

布鲁内托不断提醒但丁要对他即将面对的流放生涯做好准备，但丁表示他会永远记住这些教训，他会牢记布鲁内托及之前灵魂对他的命运做出的预言，直到他见到贝阿特丽切时请教这些预言的意义。（最终，但丁的曾祖父卡却亚奎达针对这些预言给予他启迪。）

> 我要把您所讲的关于我前途的话都记下来，并和另一个人的预言一起保存，如果我能见到那位圣女，她能给我加以解释。现在我只想对您表明这点心迹：只要我的良心不责备我，我已准备好听任命运女神的随意安排。这类预言对我的耳朵来说并不新奇；因此，让命运女神任意转动她的轮盘吧，就像让农夫任意挥动他的锄头一样。（《地狱》15.88—96）

在诗的第91行至第96行，但丁表明他会接受命运女神的安排，将其挥动轮盘的神圣行为比作农夫挥动锄头。此时距离恰科预言但丁将被放逐的命运已经过去很久，法利纳塔的预言进一步明确了他的命运，而布鲁内托再次预言他将被放逐的命运。但丁没有再沉沦于佛罗伦萨政治中，而是坦然接受了这种命运安排。最终，在《炼狱》和《天堂》中，诗人但丁用更具哲学性的语言对其进行了分析。然而在《地狱》中，但丁还是根据现实情况分析佛罗伦萨政治上存在的诟病，因此至今为止我们看到的诗篇仍然紧密联系现实。

腐败的种子

在第16首中，但丁遇到了更多佛罗伦萨人，于是他继续分析佛罗伦萨分裂的原因。在第6首中，但丁询问过戴齐侯和雅各波·卢斯蒂库奇的命运，因此读者从那时开始就期盼但丁与他们相遇。在第16首开头处，三个灵魂一起飞跑着离开了在火雨的酷刑下走过的队伍，来到但丁面前，试图询问佛罗伦萨的可靠消息。其中一位向但丁介绍了自己和同伴。

> 他是贤良的郭尔德拉达的孙子；名叫圭多·贵拉；他曾用智慧与宝剑屡建功勋。在我身后踩踏沙地的人是戴齐侯·阿尔多勃兰迪，他的忠言在世间本应被人们所听从。我，这个同他们在一起受苦的人，是雅各波·卢斯蒂库奇，当然，我凶悍的老婆对我的伤害更甚于此。（《地狱》16.37—45）

早在但丁与法利纳塔会面中，家族和党派斗争就已经是一个重要的话题，雅各波·卢斯蒂库介绍圭多·贵拉是贤良的郭尔德拉达的孙子，郭尔德拉达以其贤良和美貌闻名于世。圭多·贵拉（1220—1272）是全托斯卡纳圭尔夫派的支柱人物，指挥过1260年蒙塔培尔蒂之战。在这次战役中，他和戴齐侯一样试图劝阻圭尔夫军撤离，但是并未被采用。稍后，他在1266年贝内文托战役中带领圭尔夫派取得胜利。

雅各波提到的第二个人物是另一位圭尔夫派领袖戴齐侯，他也领导过蒙塔培尔蒂之战。在第42行至第43行中，雅各波提到戴齐侯建议佛罗伦萨人在蒙塔培尔蒂一战中放弃与锡耶纳人和吉伯林派对峙，这次战役中超过一万名佛罗伦萨人战亡。雅各波·卢斯蒂库奇多次参与和平条约的谈判，因此他的名字经常与戴齐侯一起出现在一些协议条文中。在谈到他自己时，雅各波在第 45 行暗示他凶悍的妻子是他成为同性恋的重要原因。

《地狱》第 6 首、第 10 首、第 15 首和第 16 首中都涉及佛罗伦萨保持分裂状态的原因及其后果，但丁在处理这一问题时态度非常严谨。综合所有信息，我们对佛罗伦萨存在的问题有了进一步的理解。恰科在第 6 首中提及党派纷争将会导致佛罗伦萨内乱，佛罗伦萨缺乏正义人士，以及佛罗伦萨人忌妒、自负和贪婪的性格特点。从法利纳塔的话中，我们可以得出蒙塔培尔蒂战役和贝内文托战役导致佛罗伦萨爆发大规模屠杀和放逐的毁灭性后果。布鲁内托总结了这个城市内乱不断的根源性因素。

本首关注焦点转移到现在，但丁以颂扬雅各波·卢斯蒂库奇、戴齐侯·阿尔多勃兰迪和圭多·贵拉令人尊敬的品行开头：

> 我是你们的同乡，经常怀着敬仰之情听人们讲述你们的业绩和你们的大名。我正在摆脱我的苦难，去追寻我言而有信的老师许诺给我的甘果；但是我必须先下到地狱中心。（《地狱》16.58—63）

他们的回应也同样谦恭有礼。雅各波然后告诉朝圣者但丁：

> “愿你的灵魂能长久地指引你的肢体，愿你的美名在你身后永放光芒，”他回答道，“请告诉我们，廉耻和勇武是一如既往地留在我们的城市，还是已经在那里绝迹。”（《地狱》16.64—69）

这个问题立即引发了朝圣者但丁的情感迸发：

> “新来的人和暴发的财富，佛罗伦萨呀，已使你的内部产生了骄傲和放纵，这使得你深受折磨而哀泣。”我仰面向天疾呼；那三个人以为这是我的回答，他们就像刚刚听闻真相一样面面相觑。（《地狱》16.73—78）

三位灵魂想要知道佛罗伦萨是否一如既往地保持了他们曾经赖以生存的“廉耻和勇武”，对但丁而言，廉耻和勇武在于美德、礼节和广阔的胸怀。尽管三位灵魂各自存在缺点，他们仍然具有高尚的公民道德感和责任心，因此值得尊敬。可悲的是，这些美好的品德已经被自私的个人利益所取代，商业利益（“暴发的财富”）和移民（“新来的人”）腐蚀了这些美德，引发了道德败坏。自私自利、自我膨胀、骄傲自满等卑鄙行为在财富的催化下迅速生根发芽，蔓延整个佛罗伦萨，例如菲利浦追求奢华，铺张浪费地用白银打造马蹄铁。雅各波·卢斯蒂库奇在第72行提到“新来的人”，让读者联想到之前恰科提到的来自农村地带的党派。其中一些“新来的人”成为佛罗伦萨新贵，用高利贷等卑劣行径维持财富增长。这代新人缺乏社会和道德责任感，雅各波和圭多那个时代的公民责任感已一去不复返。

在第61行至第63行中，但丁提及他本次地狱之旅的目的，他摆脱苦难是为了结出甜蜜的果实，换句话说，但丁放弃政治，一心在通向贝阿特丽切的精神之旅中学习。这一决心并不是一蹴而就，而是逐渐形成的，这在第6首、第10首、第15首和第16首中都有所体现。但丁用两种方式来强调这一点，首先他采用“酸涩的山犁”一词，读者很容易联想到之前章节中布鲁内托预言中关于农业的意向。但丁更加刻意地改变朝圣者与受罚灵魂之间的关系来体现这一点。在与地狱灵魂的早期会面中，但丁询问恰科佛罗伦萨的未来，然而到此处为止是受罚灵魂向但丁询问有关佛罗伦萨的消息。随着旅程的推进，但丁学习到的也更多了。当但丁把商业利益和急剧积累的财富归为佛罗伦萨沦陷的原因时，三位地狱中的灵魂听闻真相一样面面相觑，朝圣者但丁已经证实了他们最坏的猜想。

莫斯卡与政治内讧

在第6首中，但丁曾经询问恰科关于莫斯卡的命运如何，现在轮到了这个人物，但丁将谈论的主题从难以定义道德好坏的灵魂转移到完全背信弃义、道德败坏的人物身上。被打入地狱的更深层，莫斯卡和其他制造分裂者一起身处邪恶的坣沟，即地狱第八层，那里聚集的是制造分裂者的灵魂。邪恶的坣沟被分为十圈，但丁在那里遇见了诱奸者、买卖圣职者（出卖教会官职和恩惠）、教唆犯(腐败官员)、占卜者、伪善者、偷盗者、煽动不和者和伪造者。

这些生前主张不和的灵魂在地狱中受到最残酷的惩罚，他们沿着悲惨的圈绕圈，地狱魔鬼用刀刃向每一个灵魂身上砍去。生前分裂他人、分裂政治组织的灵魂们在这里被狠狠劈开，《地狱》第28首塑造的地狱就像是一个疯子掌控的屠宰屋。这些圈就像一个钟表一样，所有灵魂都绕圈移动，这种一丝不苟的规律运动不时被魔鬼残忍的刀刃打乱。但丁在这里遇到的灵魂有阿里，但丁声称他造成了基督教内部的分裂；分裂两个敌对家族的皮埃尔·达·美地奇那；唆使恺撒大帝渡过卢比肯河从而引起内战的古罗马政客小库里奥；引发圭尔夫派和吉伯林派敌对的莫斯卡；引发英国国王亨利二世父子冲突的波特恩·德·波恩。这些灵魂所受的伤象征着他们在前世中所犯下的散布不和与分裂罪。

地狱魔鬼用各种方式劈开这些受诅咒的灵魂：他将阿里从下巴到额发劈开，在皮埃尔·达·美地奇那身上到处割满伤口，割下库里奥的舌头，砍去了莫斯卡的手臂，割掉了波特恩的头颅。(就像经典电影《复活者》中被砍下的头颅还在说话。) 为何采取这种报复刑罚不言而喻：他们被劈开的身体象征着生前所犯的分裂罪。因为在这一层地狱中受诅咒的灵魂所犯的罪孽与得到的惩罚相当，所以但丁选择在这一首中介绍"一报还一报"这一概念。

莫斯卡是一名坚定的吉伯林派，当他得知波德尔蒙特家族的波德尔蒙提抛弃一个阿米德伊家族的少女之后，他说，"事已成定局，无可挽回"，教唆阿米德伊家族杀死这位年轻人。与法利纳塔、布鲁内托、圭多等人不同，莫斯卡并不对他的行为感到懊悔。读到此处，现代读者也许会想到电影《教父》中的台词，在莫斯卡唆使下，阿米德伊家族少女趁波德尔蒙提骑马不备时将他刺死。

在但丁和很多他同时代人看来，波德尔蒙提之死是引起圭尔夫派和吉伯林派敌对的最为重要因素，因此莫斯卡成为犯政治分裂罪的范例。在刻画莫斯卡的人物形象时，但丁引述了他自己的话语：

> 一个被砍去双手的灵魂在昏暗的空气中举起两只残臂，滴溅的鲜血弄脏了他的脸孔，他喊道："你也该记得莫斯卡吧，唉！他曾说过：事已成定局，无可挽回，这话给托斯卡纳人播下了祸乱的种子。"（《地狱》28.103—108）

但丁对莫斯卡的惩罚建立在他自己"事已成定局，无可挽回"的名言之上。莫斯卡认为波德尔蒙提之死将会终结整个争端，但是没想到这仅仅是更大范围内不和的引子而已。和他的名言对立的是，他在地狱中所受到的惩罚将会一直重复下去，永远不会有结果：地狱第八层的灵魂永远在转圈，他们的身体不时被魔鬼用刀刃狠狠劈开，继而长好，继续被劈开，永远这样循环往复下去。这种对比具有极为强烈的讽刺意味，但丁的诗行很少有这样强烈的警示意味。无论是宗教、政治还是其他领域，分裂罪都是但丁最为忌讳的罪恶，因为这一首诗中屠宰屋的意象让所有读者都会感到毛骨悚然。

鲍卡：蒙塔培尔蒂战役的叛徒

如果说莫斯卡给但丁探究佛罗伦萨政治分裂原因提供了灵感，那么与鲍卡相遇则显示了这种原因究竟是什么。但丁在地狱第九层科赛特斯湖，即最深一层遇到鲍卡时突然变得狂怒，这种相遇再次显示了诗人但丁关注点仍然集中在意大利本土。但丁笔下的科赛特斯湖是一大片冰封的河流，分为四个同心圆，逐次深入到冰封的河底。地狱第九层关禁的是犯背叛罪者，他们被分为四个群体，每个群体被分配到第九层科赛特斯湖的不同区域：该隐圈，以该隐命名，该隐是《圣经》中杀害自己兄弟的人物，代表了背叛亲人者；安特诺尔圈，以背叛自己城市的特洛伊将领安特诺尔命名，代表了背叛党派和家乡者；托勒密圈，以杀害西门·马加比及其两个儿子的托勒密命名，代表了暗杀宾客者；犹大圈，以背叛耶稣的犹大命名，代表了背叛施恩惠者。

我们现在站在地球中心，但丁在第8行中称其为“整个宇宙的底层”。科赛特斯湖集结着背叛亲人、家乡、宾客和恩人的地球乌合之众，他们都被冰封在湖底，头部冒出冰面，正如但丁所言，他们就像夏季将头部伸出湖面的青蛙一样。这种惩罚形式显而易见：

严寒冰冻的惩罚和他们在前世冷酷的背叛行为相应相合。

但丁和维吉尔从该隐圈走到安特诺尔圈的路上不小心踩在了一位受罚者的头上。

……不知道是天意，还是命运使然，当我从众多的头颅中间穿过时，我的脚重重地踢到一个头颅的脸面。

他哭着责骂我：“你为什么踢我？如果你不是来对蒙塔培尔蒂事件报复的话，你为什么要伤害我？”我说：“我的老师，现在请你在这里等我，我要去消除我对此人的一个疑问；然后，你想让我走多快都可以。”老师停了下来，我对那个仍在恶狠狠地咒骂的人说：“你是什么人，竟然如此咒骂别人？”他回答道：“那么你是谁，居然在安特诺尔圈穿行，还踢别人的面颊，如果我是活人的话，这也太过分了。”

我的回答是：“我是活人，如果你想要扬名，我可能对你很有用，我可以把你的名字放在此行的其他记录中。”他对我说：“我所希望的正好相反。赶紧离开这里，不要再烦我，在这深渊里说这些讨好的话根本没用。”于是，我揪住他后颈上的头发，说道：“你必须说出你的名字，不然，你这里的头发将一根不剩。”

然而，他对我说道：“即使你把我的头发拔光，我也不告诉你我是谁；即使你在我的头上踩一千次，我也不会让你看出我是谁。”

此刻，我已把他的头发攥在手里，并且拔掉了不止一缕，他像狗一般嚎叫，但眼睛一直向下看着。这时，另一个灵魂喊道：“鲍卡，你怎么啦？你的牙齿格格地打战难道还不够，你还非得像狗一样叫不可吗？你着了什么魔？”

我说道：“万恶的叛贼，现在我不想再让你多讲；因为我要把有关你的真实情况带回去，使你遗臭万年。”

（《地狱》32.75—111）

但丁遇到法利纳塔等政治宿敌时态度是有尊严的；遇到布鲁内托时态度是虔诚的；遇到三个佛罗伦萨同性恋时态度是和善的；而此处他与鲍卡相遇时情绪是激烈的。鲍卡是一位吉伯林派人，他的家族也属于吉伯林派，但是在蒙塔培尔蒂战役中，他却作为一名圭尔夫派人参战，然而他在战争攸关胜负之时杀死圭尔夫派旗手，致使战士们士气大乱，让吉伯林派有机可乘。尽管有人曾质疑蒙塔培尔蒂战役中叛徒究竟是谁，但是但丁斩钉截铁地认为鲍卡就是出卖圭尔夫派的叛徒。

但丁与鲍卡的会面带有强烈的政治斗争色彩，鲍卡对但丁说的第一句话中就提到了蒙塔培尔蒂战役，但丁决心解除他对这个叛徒的“一个疑问”。朝圣者但丁此处的行为不带有一丝多余的好奇心，他像该隐圈的冰面一样残酷地踩鲍卡的头，将他的头发攥在手里，狠狠地揪下几缕。但丁踢到鲍卡的脸面也许是偶然的，但是他后续的一系列质问都是故意的，就像一个想尽一切办法试图从受害人那里榨取信息的侵略者一样。但丁首先谴责鲍卡行为不雅，然后提出帮他扬名的诱饵：但丁想要知晓鲍卡的故事并且知道他的名字，然而却遭到鲍卡无情的拒绝。但丁随后开始揪鲍卡的头发威胁他说出名字，后者像狗一样开始“嚎叫”，使人联想翩翩。最终，但丁征服了鲍卡，他发现了蒙塔培尔蒂战役中的叛徒是谁，并且狠狠地羞辱了鲍卡。

但丁此处这种极其暴力的行为使读者大吃一惊：这根本不是一

位朝圣者应有的行为。我们倾向于这样理解：但丁是上帝通过以暴制暴来实现正义的工具。两人的这次会面是《地狱》中最为激烈的会面之一，甚至远甚于但丁与菲利浦·阿亨迪之间的交锋。另一位叛徒卜奥索是吉伯林派人，他在贝内文托战役中受命抵御法国安茹伯爵查理，但是他受到贿赂暗中放水，使得敌军长驱直入。总之，在第32首中，但丁遇见十八位叛变者并对其进行攻击，其中十五位来自意大利佛罗伦萨。由此我们可以得出结论：但丁认为佛罗伦萨两党之间的冲突导致一百多年间一系列令人发指的叛变行为。“整个宇宙的底层”一定会有撒旦存在，但是对于但丁而言，在所有罪行之中，背叛是引发政治灾难的最重要因素。

正如但丁在其他两部圣歌中所阐明的，政治分裂并不仅仅局限于佛罗伦萨。整个意大利，甚至是整个西方帝国都深受其扰。但丁严厉批判了教会和皇室成员领导不力，德国霍亨施陶芬王朝皇帝安于现状，推诿责任。1309年，教皇克莱门特五世决定将教廷从罗马迁到阿维尼翁，在那里行使教皇职权，一直持续了六十八年。正如但丁在《炼狱》中所说，意大利是“一艘没有舵手的船只”（《炼狱》6.77）。意大利属下的城市群龙无首，就像在风雨飘泼的海面上独自飘摇的船，于是佛罗伦萨逐渐被自负、忌妒和贪婪撕成碎片，但丁所处的时代境况使得他不得不多次批判和抨击他的同时代人。

在《地狱》中，佛罗伦萨政治状况就是佛罗伦萨人互相充满仇视和敌对。朝圣者但丁继续朝圣旅程，他的一个重要转变就是慢慢地从对政治的过分关注中抽离出来。《炼狱》中的政治讨论变得更具抽象性、更加理性化。但丁在地狱中积累见识为随后贝阿特丽切帮助其真正理解“正义”一词打下基础。然而在他达到这种境界之前，还是倾向于发泄怒火和挫败感。

随着时间的推移，但丁将史诗政治化的做法引起了更多的共鸣。后世作者开始模仿但丁的写作模式来表达自己的对于政治事件的理解。英国浪漫主义诗人珀西·比希·雪莱在《西风颂》中模仿但丁三行体的写作手法，试图与1819年政治动乱对话，并且表达了自己想要回到过去的愿望：

> 把我僵死的思想扫出整个宇宙，
> 像枯叶凋落以催发新的生命；
> 而且，凭借我这首诗中的符咒，
>
> 把我的话语传播给天下所有的人，
> 就像从未熄的炉中拨弄出火花！
> 让那预言的号角通过我的嘴唇向沉睡的大地吹奏。

雪莱在这些诗行中多处向但丁致敬，《地狱》三部曲的韵律非常难以模仿，因此雪莱的选择非常具有挑战性。但是雪莱诗中最具有但丁特色的不是韵律，而是非常自信的预言者的立场。本书第8章将着重讨论丹·布朗的《地狱》，也将涉及另一位崇拜和模仿但丁《地狱》一书的诗人佐布里斯特，他在模仿中抓住了但丁写作的精髓：出神入化的预言。

第四章

地狱里的传教士

现代读者经常对但丁在《地狱》中如何对待教会人员感到吃惊，但丁经常把批判的矛头指向对基督徒影响极大的中世纪教会。批判教会者不仅会在法庭接受审判，而且还会像法国南部的圣殿骑士一样遭到压迫和杀害。13 世纪，意大利北部和法国的教会宣布法国瓦勒度派为异教徒，随即对后者展开无情的迫害。然而，但丁在《地狱》中并不太在意教职人员等级，甚至教皇都会被要求退位，并被判买卖圣职罪、异教徒罪等，修道士们也被冠上伪君子的头衔。

但丁严肃地批判教会腐败，他在《地狱》中遇到的第一个以及最后一个灵魂都属于教会神职人员。他们分布在地狱中的八个不同区域——如果把保持中立者也包括在内就是九个，分别是贪婪者、挥霍者、异教徒、鸡奸犯、买卖圣职者、教唆犯、伪善者、分裂者以及叛徒。这些受到诅咒下地狱的教会神职人员都是死于1258—1307年的意大利人，也就是说，他们都是但丁的同时代人(只有在第23首中出现的伪善者该亚法和安纳斯例外，他们是参加谋害耶稣的犹太主教)。《地狱》中很多灵魂都是在13世纪90年代身犯恶行，因此我们可以再次看到但丁以同时代人为主人公的写作手法。

对于教会桃色和财务传闻较为熟悉的读者可能会发现他们的预想和但丁的写作心照不宣，但丁对教会神职人员的刻画与现实状况存在很多共鸣：与很多美国主教一样，教宗庞尼菲斯八世将犯淫秽罪的牧师发配到维琴察去。然而，我们可能会对但丁的远见和大胆感到吃惊。《地狱》对于牧师的刻画是非常突出的，鉴于但丁的信仰，读者也许会问什么使他花费如此多的笔墨描述教会腐败。

历史背景

为了理解但丁如此描写教会的动机，我们有必要首先了解一下他对教会和国家之间关系的看法。他对于教会不断宣扬主权的行为持消极态度，并在《炼狱》第16首中发表了此类言论：

> 罗马曾很好地造福于世界，它向来有两个太阳，使世人看到两条道路，一条是世俗的道路，另一条是上帝

> 的道路。如今一个已把另一个消灭；而宝剑也与牧杖联结，用专横的手段将一个与另一个捆在一起，必然乱作一团；由于联结在一起，相互间不再有惧怕。（《炼狱》16.106—112）

但丁在此处用极富象征性意义的语言间接讨论了他那个时代最具有争议的话题：教皇和皇帝的权力相对性问题。此处涉及罗马的两个权力主体：第一是罗马帝国，第二是天主教会。奥古斯都及后来皇帝带领罗马征服了全世界，然而罗马帝国沉沦之后，教会逐渐强大，带领罗马再次成为欧洲中心。但丁此处给我们呈现了罗马国内存在的两股势力——皇室和教会，文中用两个太阳影射。

这两股势力曾经各司其职：教会主导精神领域，而皇帝主导现实世界。但丁哀悼两者的“联结”，或者说两者的融合。与教会所宣扬的不同，但丁并不认为教会势力应该取代皇室权力，而是认为两者应该各司其职。然而，代表皇室权力的宝剑已经和代表教会的牧杖联结，两者争执不下，必然两败俱伤。

在《炼狱》中，但丁用“腐蚀”这个极具象征性的词语来描绘两股势力联结的过程，他将其与贪婪罪联系起来。在《地狱》第 19 首中，教宗尼古拉三世（1277—1280）揭露了自己家族发家的过程，以及他的两位继任者教宗庞尼菲斯八世（1294—1303）以及教宗克莱门特五世（1305—1314）的不法行为。听到这些话，但丁难以压抑自己对于这些贪婪教宗亵渎教会的愤怒，大声喊道：“啊，君士坦丁，不是你的皈依，而是那第一个富有的教父从你手里获得捐赠成为了多少祸患的源泉！”（《地狱》19.115—117）

教皇西尔维斯特一世治愈了皇帝君士坦丁一世的麻风病，为了诚挚表达心中的感激，君士坦丁一世将罗马和罗马帝国西部的所有权力转呈给教会。此处“祸患的源泉”是指 760 年左右一位罗马传教士根据此事写成了《君士坦丁的捐赠》。意大利人文主义者洛伦佐·瓦拉曾在 15 世纪对这一文件的真实性提出质疑，然而但丁及其同时代人则认为这一文件真实存在。直到洛伦佐·瓦拉提出质疑之前，罗马教会都将这一文件当作有力武器来证明教会权力高于皇室权力。

但丁并未深入挖掘《君士坦丁的捐赠》的弊端，他认为君士坦丁这一举措刺激了教会对现实世界权力的渴望，后世教皇根据这一文件扩张，势力不容小觑。1200 年左右，教皇英诺森三世声明君士坦丁将所有西部帝国权力都转移给了教会，象征教会势力的主教法冠胜过象征皇室权力的皇冠。但丁认为《君士坦丁的捐赠》是激发教会扩张势力的基础性文件。

从 11 世纪至 13 世纪，很多教皇试图出台不同法令扩张教会势力，庞尼菲斯三世出台了其中最为声名狼藉的法案《一圣教谕》(1302)，意思是“一个神圣的天主教使徒教会”。在这部法案中，庞尼菲斯声明精神的权力位于世俗权力之上，更确切地说，他的权力应当大于法国腓力四世国王。简而言之，庞尼菲斯声称他才是基督教世界唯一领袖，教皇同时还在奋力扩张领土以增加税收。

截至 13 世纪末，意大利教会势力扩张到南至切普拉诺和利里河，北达拉迪克法尼，占领了意大利中部绝大部分地区。

庞尼菲斯八世、克莱门特四世、克莱门特五世和约翰二十二世统治年间，教会势力空前膨胀，与皇室之间爆发了大大小小各种争端，例如庞尼菲斯八世和约翰二十二世与法国腓力国王和巴伐利亚路易斯王室之间爆发的冲突，以及克莱门特四世在贝内文托战役之后命令主教掘出曼弗雷德尸骨，散落在王室范围之外的领土等。将敌人逐出教会也变得越发寻常，但丁暗指的两个太阳分别照亮两条不同道路的场景已经与我们渐行渐远，取而代之的是教会大肆扩张，教皇们认为教会应该将世俗世界纳入统治范围，因此但丁才会将教会与贪婪联系起来。

然而，并不只有教会试图扩张权力，野心勃勃的皇帝们也曾试图打压教会，充实自己。教廷从罗马迁至阿维尼翁这件事同样使得但丁对教会担忧不已。意大利诗人彼特拉克将其称作巴比伦困虏，阿维尼翁教廷一直延续到1376年。克莱门特五世（波尔多大主教波特兰·德戈）在1305年被选举为教皇，是法国皇室安插在教会的工具。他将教廷搬至法国，任职期间从未去过罗马，先是在普瓦捷统治教会四年时间，随后在1309年将整个教廷迁至阿维尼翁。因此，整个罗马教会没有教宗的统一领导，只能在一个被奥尔西尼和科隆纳两大家族分裂的城市由三个主教负责管辖。

但丁的整个生命中有十四位教皇统治意大利教会，他在诗中提及九位，其中五位身处地狱中。但丁在《神曲》中提到七十三位圣职人员：地狱中提及二十位，其中十六位被诅咒；炼狱中提及十四位；天堂中四十七位。乍一看，在《神曲》中得到神佑的圣职人员多于受到诅咒的神职人员。然而，如果对这四十七个人做进一步观察，我们能够发现他们大多数都是基督教殉道者、圣徒和《圣经》评论员。在所有提及的教皇中，但丁仅仅将约翰二十一世置于天堂中。但丁在赞扬过去的牧师的同时大力抨击很多同时代神职人员。

不法分子聚集地：牧师的罪行

《地狱》中始终贯穿全诗的人物就是教会神职人员，但丁也使尽浑身解数用戏谑、谩骂等技巧刻画人物，使得读者印象深刻。

因此，原本也许冗长的叙述在但丁笔下充满生机，腐败的教会人员在但丁反讽和幽默的笔调下有了全景式的呈现。但丁虽然并不是第一位描述和抨击教会腐败现象的诗人，但是他将对个别教会神职人员的抨击与整个教会的腐败现象联系起来，给读者提供了一份教会腐败方面百科全书式的范本。

但丁在进入地狱主体之前就认出一位过去的教皇，在地狱大门前，但丁见到了在前世意志薄弱、无法做出抉择的中立者们。他们所受的惩罚与前世犯下的过错相符：前世无法做出决策、选择派别的他们在地狱中终日跟在前面飞驰的旗子后面永远不停地跑来跑去——他们最终不得不选择永远奔跑，尽管这一选择毫无意义。他们前世本有机会选择有所作为，但是最终在地狱中只能在狂热奔跑中了结。但丁在这些人中认出了那个“由于怯懦而放弃重要权位的人”的灵魂（《地狱》3.60）。尽管但丁并未直接指明这个灵魂是谁，早期评论家认为这个灵魂是指教皇塞莱斯廷五世，他在担任教皇职务五个月后请辞。但丁认为他请辞的行为给罗马教会造成很大的祸患：塞莱斯廷五世离职导致《地狱》中最负骂名的庞尼菲斯八世上位。尽管塞莱斯廷五世处事态度真挚，但是但丁依然猛烈抨击了他，因为但丁认为居高位者必须努力进取、不负众望。

但丁相信他的同时代人能够从“怯懦”“放弃重要权位”等隐晦的描述中认出这个灵魂究竟是谁。尽管有人觉得这个放弃重要权位的卑懦灵魂是指《圣经》中的人物，如以扫和彼拉多，但是绝大多数评论家认为塞莱斯廷五世才是但丁所指的对象。但丁的儿子彼特罗·阿利基埃里曾经在评论集（约1340）中写道：我相信但丁在此处指的是塞莱斯廷五世，他本来可以在担任教皇期间过着隐士一般神圣的生活，但是他怯懦地放弃了。

不管怎样，但丁此处并未指明这个灵魂确切身份的写作手法给后世创作者提供了绝好的机会，他们能够提出不同的候选人。换句话说，他们能够借鉴并且学习运用但丁富有想象力的写作手法。丹·布朗在他的《地狱》题词中表达了自己对于中立者们的着迷和理解——“地狱中最黑暗的地方是为那些身处道德危机年代保持中立态度的人准备的”。尽管布朗错误地把这些中立者置身于“地狱中最黑暗的地方”，他所犯的这个错误让我们能够认识到但丁对待中立者的严苛态度。受诅咒的灵魂所犯的罪行各异，但是他们也都是有尊严的个体。保持中立者在但丁笔下都是卑劣的无名小卒，他们甚至不配在地狱中拥有一块属于自己的立足之地。但丁对于这些中立者们的蔑视态度似乎太过分，但是这种过分也告诉读者但丁对行动有多么重视。一个人必须采取行动，只有意志薄弱的怯懦者才会站在一边，浪费时间观看谁才是获胜者：坏的行动也好过碌碌无为。

但丁有时甚至不用为人熟知的行为或特质来表现某些人物，早期读者仅仅从异教徒“枢机主教”（《地狱》10.120）一词就判断出这是指伦巴第教廷使节奥塔维亚诺·德·乌巴尔狄尼。通过使用换称这种修辞手法，但丁明白“枢机主教”一词就可以使读者确定这是指奥塔维亚诺·德·乌巴尔狄尼，因为在世期间人们都称呼他为主教。这种表达在今天同样存在：“贝比”一词是指“贝比·鲁斯”；A-Rod 是指阿莱克斯·罗德里格斯。作为吉伯林派的忠实拥护者，主教乌巴尔狄尼曾经说过：“假如有灵魂，我也已经为吉伯林派丧失它一千次了。”在但丁的史诗中，诸如此类带有强烈情感色彩的话语能够充分说明说话者异教徒的身份。

读者在第 15 首中能够发现但丁近乎严苛地批判违背自然的教会神职人员，尽管但丁从未明确提及他们的罪行，但是评论者猜测他们是指犯鸡奸罪者、亵渎者和放高利贷者。但丁遇见以前的导师布鲁内托时曾经询问还有谁在此受罚，后者提到另外两个灵魂：普里西安和弗兰切斯科·达科尔索，随后说道：“你如果还想见识一下这些秽物，可以看看这个人：他曾被众仆之仆从亚诺调到巴基廖内河沿岸，正是在那里，他留下了那用来满足邪欲的神经。”（《地狱》15.110—114）

但丁在此暗示的是佛罗伦萨主教安德里亚·德·摩奇（1287—1295），他来自佛罗伦萨的一个精英家庭，但是他过着非常浪荡的生活，以至于庞尼菲斯八世（众仆之仆）把他从佛罗伦萨调到维琴察。但丁用流经佛罗伦萨和维琴察的两条河流亚诺河和巴基廖内河来代表这两个城市，用“用来满足邪欲的神经”来暗指安德里亚·德·摩奇。摩奇最终因为纵欲过度死在巴基廖内河河岸。

诗中有些地方则是直接提及教会人员，例如在描述教宗阿纳斯塔修斯二世和主教福定的异端、该亚法和安纳斯的虚伪时，但丁直接提及这些人物的姓名和所犯的罪行。与布鲁内托会面之后，但丁和维吉尔发现自己就在教宗阿纳斯塔修斯二世的墓前，作为一名异教徒主教，教宗阿纳斯塔修斯二世最为淋漓尽致地展现了无信仰罪行。阿纳斯塔修斯否认耶稣的神圣。（即使最伟大的作家也会犯错，但丁在此处将东罗马帝国皇帝阿纳斯塔西乌斯一世与阿纳斯塔修斯二世混淆。）在与两名当代伪善者的交谈中，但丁的注意力被一位钉在地上的灵魂吸引住了：

> 你正在注视的那个受钉刑的人曾建议法利赛人：为了百姓应当让一个人去牺牲。他赤身露体躺在路上，就像你看到的，每个人经过时，都要让他感受到来人身体有多重。他的岳父与其他参加会议的人也在这壑沟里受

刑，正是这次会议为犹太人播下苦难的种子。（《地狱》23.115—123）

但丁在此处看见的是最大的伪君子该亚法，他是本丢·彼拉多的犹太大祭司，他曾经告诉法利赛人应该牺牲耶稣以避免通国灭亡。该亚法在论证过程中试图表现出时时为他人利益着想，然而最终他和法利赛人自私自利的欲望大白于世。试图杀死耶稣的该亚法及其同伴最终像耶稣被钉在十字架上一样被钉在地上。与其他拖着沉重步子不停走来走去的伪善者相比，该亚法及其岳父安纳斯之类的极端伪善者们被钉在地上，受到更为严酷的刑罚折磨。

但丁在诗中用客观平实的语言控告泰梭罗·德·贝凯利亚犯了背叛罪，说他是“被佛罗伦萨砍断脖颈”的“贝凯利亚家族的人”（《地狱》32.119—120）。泰梭罗曾经担任瓦隆布罗萨修道院院长和教皇亚历山大四世驻托斯卡纳使节。因为被控告与吉伯林派勾结，他在佛罗伦萨被砍头处死。诸如阿纳斯塔修斯二世、该亚法和泰梭罗之类的人物都背叛了自己的宗教职务，壮大了地狱中受诅咒的教会神职人员阵营。他们没有尽到服务教会的义务和责任，反而成为异教徒、欺诈者和贪污犯。

但丁有时用直接、简练的语言描述异教徒，然而有时也采用微妙、多样的技巧对他们进行抨击。在《地狱》第22首中，维吉尔询问一位犯买卖圣职罪的囚犯是否还有“其他意大利人”在沸腾的沥青里受刑，他得到的答复是戈米塔也在此受罚。从戈米塔的例子中我们能够清楚地明白贪污犯的含义：

“你说你不该离开那个人而来到岸边，那个人究竟是谁？”他回答道：“他是化募修士戈米塔，加卢拉总督，是一切罪恶的温床。他主人的仇敌在他手里，却使得他们个个都称赞他。正如他所说的那样，他拿到了钱，顺利地放了他们；在担任其他职务时，他也不是个小污吏，而是个巨贪。罗格道罗省总督堂米凯尔·臧凯和他搅在一块儿，每次谈到撒丁的事，他们的舌头从来不感到疲倦。”（《地狱》22.79—90）

显然，但丁在上文中涉及的是贿赂罪，戈米塔定期释放敌人以换取金钱，他的所作所为与他作为教会神职人员的责任大相径庭，最终，他被处以绞刑。但丁生动而又幽默地刻画了戈米塔与同党堂米凯尔·臧凯被埋在厚厚的沥青中，几乎不能呼吸，但是还是不停地闲扯关于撒丁岛的事。

多尔契诺是基督教使徒时代“使徒兄弟会”的头目，在刻画这个人物形象时，但丁采用了反讽的手法。这些教会官员宣布“使徒兄弟会”的公约包括商品和妇女共用，而这个约定本身就违背了基督教教义。克莱门特五世下令肃清多尔契诺及其追随者，当局者追捕他们直至诺瓦腊和维切利之间的山脉。另一位犯分裂罪者预见到此，因此告诉但丁建议多尔契诺要备足粮草。

既然你或许很快就能重见天日，那么请你告诉多尔契诺修士，如果他不愿很快就追随我来到这里，他就要设法多储备粮食，这样，即使被大雪围困，也不至于把来之不易的胜利奉送给诺瓦腊人。（《地狱》28.55—60）

让人感到可笑的是，大多数多尔契诺的随从都被活活饿死，而多尔契诺本人被生擒，然后被活活烧死。

但丁在地狱中遇到的最后一个灵魂是阿布里哥，但丁花了很多篇幅刻画这个人物。但丁在1300年开始地狱朝圣之旅，然而阿布里哥直到1307年才去世，因此但丁在地狱中见到阿布里哥时非常惊讶。但丁在解开这个疑团的过程中认识到这些罪人的背叛行为多么严重。但丁和维吉尔走过囚禁背叛宾客者的科赛特斯河托勒密圈时，听到有人呼救，询问两人是否能够帮他把眼睛上结的冰移开。犯背叛罪者找不到宣泄痛苦的地方，他们流下的眼泪瞬间就会结冰，挡住了视线。但丁靠近他时，他自己坦白了自己的身份：

> “我是阿布里哥修士；就是那个提供罪恶之园水果的人，而如今我在这里，被用海枣偿还无花果。”我对他说：“啊，难道你已经死了吗？”他对我说：“我的肉体在世上情况如何，我不得而知。这个托勒密圈享有这样的特权：在阿特洛波斯将人带离人世前，他的灵魂就已被打到这里。为了让你心甘情愿地从我脸上剥去这层玻璃般的眼泪，我要告诉你：一旦灵魂背叛，就像我所做的一样，魔鬼就会把你的肉体剥夺，并对其加以主宰，直到他的阳寿终止。灵魂就坠落到这样的深井；也许这个灵魂的肉体仍在尘世间行尸走肉，而他的灵魂却在这里苦度严冬。”（《地狱》33.118—132）

朝圣者但丁在科赛特斯河行进时，读者跟随他看见很多犯背叛罪者，然而但丁在此格外强调他们背信弃义的程度如此恶劣，以至于他们在人世间阳寿未尽就得在地狱受罚。阿布里哥修士在地狱受罚，而他在阳间的肉身则被一个魔鬼控制。这种情况使得但丁不需要预言就可以直接批判犯罪的灵魂们，然而这种创作手法背离了一条基督教的重要规定：一个人往生的命运只有在他去世的那一刻才能获知。但丁认为像阿布里哥之类罪孽如此深重的灵魂根本不会悔改。

阿布里哥出身于法恩察的圭尔夫派家族，他还是快活修士会修士，这个组织的成员能够自由结婚生子并获得财产，因此被称作快活修士。他曾经与曼夫雷多父子有过节，随后表面上表示宽恕对方。但是他最终在家举办宴会，然后以“端上水果来”为信号下令他人杀害了曼夫雷多父子。从此以后，“阿布里哥的水果”就成了一句代表暗算谋杀的谚语。但丁利用阿布里哥说用无花果来偿还他在地狱受罚的时间，中世纪的人们认为时间比无花果更为宝贵，因此阿布里哥在地狱中所受的惩罚比他招待曼夫雷多父子的甜点更加苦涩。但丁深深地被阿布里哥的罪行激怒，因此拒绝帮他剥去那层玻璃般的眼泪，说道：“对他无礼就等于有礼。”(《地狱》33.150）朝圣者但丁在此处变成了上帝的正义化身：上帝不会理睬恶毒的叛徒提出的要求。

但丁所描述的受诅咒的教会神职人员灵魂中没有一个值得读者同情，除了塞莱斯廷五世之外，所有神职人员都被发配到地狱的较低层，甚至有很多人身处最低的两层地狱中。但丁对他所持的态度极其鄙视，他看到该亚法时暴怒，看到安德里亚·德·摩奇时公然抨击他，看到戈米塔时对他百般嘲讽，看到热那亚居民时抨击他们拥有阿布里哥这样的居民。这些神职人员在但丁笔下得到了应有的惩罚。

卡塔拉诺和罗戴林格：伪善的修士

伪善者所受的惩罚淋漓尽致地解释了“一报还一报”的说法，但丁和维吉尔一到堤岸上就看到：

> ……一群衣着色彩鲜明的人迈着缓慢的步伐绕着圈子前行，他们一边走，一边哀啼，面容疲惫而无神。他们身着斗篷，风帽低垂，遮住双眼。那斗篷的式样如同克吕尼修道院的僧侣们所穿的一样。斗篷外面镀金，金光闪闪，令人目眩；但里面却缀满了铅块，重得出奇，相形之下，腓特烈使罪犯们穿的那种铅衣就像草做的。（《地狱》23.58—66）

地狱中的灵魂都是赤身裸体，然而伪善者们却穿着铅制的夸张斗篷，外面镀着令人目眩的金。因为铅制斗篷非常沉重，因此伪善者们拖着沉重的步伐在邪恶的垄沟中行走——这幅景象是对庄严高贵的教会的赤裸讽刺。但丁在此处这样安排伪善者们所受惩罚的灵感来自乌古乔内所写的《重大起源》一书中对于hypocrite（伪君子）这个词的解释。hyper的意思是“太多、超过”，crisis的意思是“批评、批判”，gilt over是指“镀金的”。也就是说一个人在表面上表现出好的方面，但是内在又具有邪恶的一面。尽管这是一个错误的解释，但是却激发了一个好的创作灵感。但丁改进了乌古乔内对这个词的定义，因此，“一报还一报”这个《地狱》中的受罚原则简洁地解释了伪善罪——金光闪闪的外面隐藏了龌龊的内在，这种写法同样暗示了伪善者们不得不承受他们心口不一的后果。

《地狱》中伪善者身着的斗篷形似法国克吕尼修道院修士们所穿的服装，但丁借此再次抨击僧侣和教士们的腐败行为。镀金的斗篷显然不适合虔诚的教会神职人员穿着，因为他们应该极其蔑视身着华丽服装的炫耀行径。因此，教士们除了买卖圣职罪以及贪婪罪之外，又被附上了伪善的罪行。

其中一位灵魂卡塔拉诺表明了他和同伴罗戴林格快活修士的身份：

> 我们都是快乐修士，是博洛尼亚人。我叫卡塔拉诺，
> 他叫罗戴林格，我们一同被你的家乡选定去维持和平，
> 通常本来只选一个人；我们是怎样维持的，在加尔丁格
> 周围的人至今仍能看出来。（《地狱》23.103—108）

教皇克莱门特四世在1266年贝内文托之战后派遣卡塔拉诺和罗戴林格两人去佛罗伦萨担任最高行政长官，以平息党派之间的争端，维护佛罗伦萨的和平。然而，这两名修士改弦易辙，暗中支持贝内文托战胜方圭尔夫派扩充势力。圭尔夫派在两人帮助之下摧毁了吉伯林派首领乌伯尔蒂家族的房屋，包括加尔丁格塔，因此这个地点见证了两人的伪善。本首主题也是紧紧围绕着但丁在《地狱》中的关注焦点——教会腐败和政党斗争。

贪婪成性、挥金如土的教士们

但丁用不同方式抨击了个别的教士，他同样批判了犯同样罪行的教士群体，其中主要是犯贪婪罪者、犯买卖圣职罪者和犯伪善罪者。但丁在地狱第四层遇到贪婪者和挥霍者，其中有很多教会神职人员。

> 如同卡律布狄斯大漩涡的波涛碰撞迎面而来的波涛一样，这里的人也不得不这样跳着圆圈舞，撞来撞去。我看见这里的人比别处更多，他们从一个方向和另一个方向大声喊叫，并用前胸的力量滚动着重物。他们碰撞到一处，然后各自就地掉头，往回滚动，一面喊道，“你为什么囤积”“你为什么挥霍”。他们就这样各自在这昏暗的地层里从一边滚到另一边，相撞并相互叫骂，然后各自转回去，向另一个半圈滚去，在相反的地点再次较量。见此情景，我的心被刺痛了，于是我问道：“我的老师，现在请给我指教：这些是什么人，我们左边这些削发者，是否都是教士。”他对我说：“他们前世都是缺乏头脑的人，不懂得适度地花费钱财。每逢他们滚动到地层的两个相撞点，他们狗叫似的叫骂足以说明问题，因为他们相互责骂的正是他们相反的罪行。这些头顶没有头发覆盖的人都是教士，有教皇和枢机主教，他们视财如命，达到了无以复加的境地。”（《地狱》7.22—48）

但丁花费大量篇幅描述这一场景，贪婪者和挥霍者用胸部的力量滚动着重物，贪婪者在左边，挥霍者在右边，他们遇到一起，互相碰撞，然后各自掉头往回滚动。但丁将他们的运动讽刺地比作舞蹈和竞技，然而这支舞蹈丝毫不令人愉悦，这场竞技也没有胜负，场上的人们永远在不停地追逐。但丁将这些灵魂发出的狗叫般的声音比作墨西拿附近卡律布狄斯大漩涡的声音，漩涡是由于爱奥尼亚海和地中海海水在西西里岛和意大利大陆交汇形成的。

此处对贪婪者和挥霍者的惩罚是但丁在《地狱》中最为精细

的处理之一，一方面，施加在这些灵魂身上的重量暗示着金钱的负担；另一方面，但丁没有提出关于重量的意象，象征着这种追求毫无价值。读者由此很容易联想到西西弗斯，他在冥界被判要将大石推上陡峭的高山，每次他用尽全力，大石快要到顶时，石头就会从其手中滑脱，又得重新推上去，做着无止境的劳动。但丁对贪婪者和挥霍者的惩罚与西西弗斯所受惩罚在表面上相似，但是又有着更深层次的意义。但丁认为贪婪者喜欢敛财，挥霍者花钱时毫无节制，散尽家财。因此，挥霍这种罪行既不是指敛财，也不是消耗钱财，而是在于没能正确理解人与财物的关系。

但丁花费了很多精力描述贪婪者和挥霍者受到的惩罚，所有的细节都有丰富的含义。像遇到其他灵魂一样，但丁在遇到贪婪者和挥霍者时询问维吉尔是否能够与他们对话，却遭到了严厉的拒绝："你的想法是枉费心机：他们生前不明是非，这使他们被罪恶玷污，如今也使他们面目全非，无法辨认。"（《地狱》7.52—54）

但丁煞费苦心地试图寻找犯贪婪罪的教士们，一方面，但丁反教会的表述与教会的一个完善的传统相背：耶稣带领后人拥抱贫穷，并且在中世纪时，教会下令教徒们立誓修行贫困。然而，很多中世纪作家都把教会神职人员与贪婪联系在一起，乔叟曾在《十日谈》中嘲讽卖赎罪券者、教会法庭的差人和女修道院院长等神职人员。从表面上来看，在《地狱》中发现如此众多的神职人员很有意思，这些人本应该超脱于凡世物质的干扰。然而，但丁的目的并不仅仅在于抨击教会人员，也在于批判整个教会：基督教教会充分利用《君士坦丁的捐赠》来获取利益。在但丁眼中，这种行为给整个世俗社会和精神领域都带来了灾难性的后果。

买卖圣职罪：教皇之罪

尽管但丁对教士们贪婪的敛财行为深感愤怒，但是这种愤怒仍然不及买卖圣职罪这种交易精神商品的行为带给他的触动。买卖圣职罪既包括出卖官职、圣俸，也包括出卖赎罪券等其他教会恩惠的行为。与之前一样，但丁再次从买卖圣职罪中挖掘出深层次的内涵：教会与国家之间的关系。这两者之间的混淆，尤其是教会篡夺国家权力的行为成为《地狱》第19首的中心议题。

这一首以颂扬受诅咒灵魂们受到的惩罚开头，与《最后的审判》中启示性的语气相似。但丁追溯到第一个犯买卖圣职罪的人——施邪术的西门·马格斯，他本来是撒玛利亚的男巫士，之后皈依基督教门下，随后试图以圣灵为筹码购买使徒权力。对于但丁而言，这种教士，甚至教皇都曾犯的罪行尤其不可原谅，因为它严重污染了领导整个世界的精神力量。牧师们应该是正义的化身，而不是腐败的俘虏。

《地狱》中最让人难以忘怀的场景之一就出现在本首诗第22行：

> 每个洞口都有罪人的双脚、小腿乃至大腿裸露在外，其余部分则倒栽在洞里。所有罪人的双脚脚掌都在燃烧；因此，他们的膝关节抖动得异常厉害，以至于将捆绑的麻绳和藤条挣断。犹如涂油的东西燃烧时，火焰通常只在表皮上浮动，那里的情况也是如此，从脚跟慢慢烧到脚尖。（《地狱》19.22—30）

这些灵魂们在此处受到的惩罚充满倒置的意味，既让人觉得恐怖，又让人不得不发笑。受诅咒的牧师们上下颠倒的位置，以及他们不停扭曲的身体让他们颜面尽失。所有罪人的头都被塞进石洞里，露出两条腿，他们唯一的表达方式就是不停地扑打脚掌。当但丁靠近尼古拉三世时，后者被描述为“用腿哭泣的人”。但丁此处表达的倒置并不仅限于此，把圣彼得（耶稣曾经用双关语形容他为教会的“基石”）的钱财放入自己口袋的人被嵌在地狱的岩石里，永远不得出头。评论家们注意到但丁模仿圣灵降临节的圣火作为对他们的惩罚，在圣灵降临节期间，圣灵像火焰一样降临人世，落在教会使徒的头上，而在此处这些火焰落在他们脚上，让他们痛苦万分。

但丁描述每一种惩罚时都充分说明“一报还一报”的理念，因此创作了很多戏剧性的会面，《地狱》第 19 首尤为如此。但丁注意到有一个灵魂比他的同伴抖动得更厉害，被更红的火焰燃烧着。当这个罪人感觉到有人在洞外时，他大喊道：

> 你已经竖到那了吗，你已经竖到那儿了吗，庞尼菲斯？那令状诓骗了我很多年。难道你这么快就对那些财富感到腻烦了吗？为了捞到这些财富，你不怕用欺诈手段骗娶那个美人，然后却又把她变卖玷污。（《地狱》19.52—57）

但丁此处批判的矛头指向两个人：第一个是庞尼菲斯三世，他在担任教皇期间（1294—1303）支持但丁的政治宿敌黑派。第二个是说话的尼古拉三世，但丁指责他任职（1277—1280）时买卖圣职、任人唯亲。此处有两层幽默的含义：其一是一位教皇期待另一位教皇下地狱；其二是但丁操控时间以预言庞尼菲斯未来

图 4　古斯塔夫·多雷绘《尼古拉三世的惩罚》，康奈尔大学图书馆珍稀手稿收藏部供图

的命运。尼古拉三世头被卡在洞里，看不见洞外站的是什么人，他以为是庞尼菲斯三世终于下到地狱中，以为自己终于等到了仇人，情绪立即变得愤怒。

但丁在此处设定的时间仍是 1300 年，他把时间点设置在过去，然后预言未来，而这种未来在他创作《但丁》时早已成为已知的过去。庞尼菲斯三世致使但丁被放逐出佛罗伦萨，同时他还犯下很多其他罪行，因此遭到但丁无情地谴责。早在《地狱》第

6首中，恰科就曾暗示庞尼菲斯将在1302年支持黑派入侵佛罗伦萨。在本首诗中但丁主要追究的是庞尼菲斯所犯下的买卖圣职罪。尼古拉三世暗示庞尼菲斯欺诈性地占有教会（诗文中的“美人”）财富。诗文中控诉的“欺诈”是指庞尼菲斯在塞莱斯廷五世辞位后用阴谋诡计使自己当选教皇。

维吉尔看到但丁被尼古拉误认为庞尼菲斯后陷入沉默之中，提醒他应该说，“我不是那个人”。尼古拉必须供认自己的罪行，这又构成了另一种教会教规的倒置：但丁现在变成了教皇自白的对象。但丁同时在这些犯罪教皇身上履行了中世纪受雇的刺客应该受到被活埋窒息而死的惩罚。但丁利用尼古拉的自白模仿他的名字“熊”增添了几分喜剧效果。尼古拉告诉但丁他作为“母熊的儿子”，为了“小熊们”，也就是他的家族的成长付出了很多。甚至连他自己也已经意识到自身的困境颇具讽刺意味，他的自白都带上了但丁式的双关和机智。他说他“在人世我把钱财装入私囊”，而在这里把他自己装入地狱恶囊中。

此处的幽默手法——教皇一个压一个地被打入地狱恶囊中——不应该蒙蔽但丁控诉犯买卖圣职罪者的严肃态度。庞尼菲斯三世下到地狱时将会把尼古拉挤到岩洞中更深处去，尼古拉在此处甚至预言庞尼菲斯继任者1305年当选的教皇克莱门特五世来到地狱之后的场景。

等那个人一来，我也会下降那下面，我刚才把你误认为是他，所以才冒昧地说出那句问话。但是我这样双脚被火烧、身子倒栽在这里比那个双脚烧红并倒栽此处的人的时间要长：因为继他之后，将有一个从西方来的无法无天的牧人，他的罪行更加丑恶，应该把庞尼菲斯

> 和我都覆盖。此人将是《玛喀比传》中所讲的新伊阿宋；犹如伊阿宋的国王屈就于他一样，当今那个统治法国的人对他也将是如此。（《地狱》19.76—88）

庞尼菲斯和尼古拉遭到严厉抨击，然而在但丁眼中，克莱门特五世值得更猛烈的批判。尼古拉将克莱门特塑造成一个放肆的教士，其卑劣行径堪比欧尼亚斯三世的弟弟伊阿宋，伊阿宋通过行贿叙利亚国王安条克四世伊彼凡尼（公元前 175）谋取大主教的职位。和伊阿宋一样，克莱门特五世同样通过贿赂法国国王腓力四世谋得大主教的职位。

本节花费大量篇幅谴责教会腐败，但丁不遗余力地抨击了三位主教：尼古拉三世、庞尼菲斯八世和克莱门特五世。这三位教皇分别犯了密谋反抗安茹王朝对西西里岛统治的计划、用阴谋诡计谋权篡位、勾结外国君王以壮大自身力量的罪行。难怪朝圣者但丁难以压抑心中怒火，因为他们的“贪婪使世界陷入悲惨的境地”（《地狱》19.104），他们的行为使得教会的商品沦为《圣经》中受到责难的巴比伦妓女。在《地狱》第 19 首，但丁对犯买卖圣职罪者所受惩罚叫好，在结尾时但丁谴责带来灾难性后果的教会腐败根源——《君士坦丁的捐赠》。

教皇庞尼菲斯八世：穷凶极恶的罪人

《地狱》第 27 首中最后一次提及庞尼菲斯八世，但丁在那里遇见了乌尔比诺封建主圭多·达·蒙泰菲尔特罗，后者犯了用雄辩和口才欺骗他人的罪行。当然，一个人不可能轻而易举地分辨哪些话语是欺骗，但丁用充满诗意的语言解释了两者之间的联系。犯罪者被熊熊大火点燃，张口说话变成了一种痛苦，因此，他们过去游刃有余的雄辩在这里变成了永恒的惩罚。

圭多·达·蒙泰菲尔特罗是一名狡猾的军事领袖，他曾任吉伯林派将军一职。据记载，圭多是“意大利当时最为狡猾和杰出的士兵”。他在罗马涅地区带领吉伯林党多次击退圭尔夫派，但是仍被逐出教会。最终，经过调解之后，他成为方济会修士，并于1298年去世（方济会就是他在第93行中提到的“绳子”）。他的正直极具欺骗色彩，正如他所说，他不像勇猛的狮子，而像狡猾的狐狸。他知道各种阴谋诡计，并把诈术用得那样巧妙。他的同时代人如此惧怕他的阴谋诡计，以至于当圭多离开比萨时，佛罗伦萨人四处奔命，口口相传：“狐狸来了。”

圭多对自己为何被诅咒下地狱的解释是《地狱》中最长的自白之一：

> 我曾是个武人，后来又做了束绳的修士，我确信这样束上绳子就可以赎罪；我的信念本可完全实现，都怪那个大祭司——愿他不得好死——又让我把原先的罪恶重犯；我愿意让你知道他是如何以及为什么这样做的。自从我的母亲给予我血肉之躯，我的行为就不像狮子，而更像狐狸。我精通各种阴谋诡计，而且把这些诈术运用得那样巧妙，这使得我的名声甚至传到了世界的尽头。当我发现我的年岁已经到了每个人都应该落帆卷缆的时候，原先令我喜欢的事这时反而会使我憎恶，我懊悔并忏悔当了修士；唉，我真不幸啊！这本来可能对我有益。无奈新法利赛人之王在拉特兰附近发动战争，既不是对付萨拉森人，也不是针对犹太人，因为他的每个敌人都是基督徒，没有一个攻占阿克，也没有一个在苏丹的国

> 土上经商。他不顾自身至高无上的地位和圣职，也不顾我身上那条使系着的人消瘦的绳子，却像君士坦丁一样要求希拉提山洞的席尔维斯特罗给他治好麻风病，把我作为医生召去治疗他狂妄自大的热病；他要求我出谋划策，我则保持沉默，因为他的话语像梦呓胡言。于是，他又说："你的心不要疑惧，从现在起我就赦免你的罪，但你需指教我如何把帕莱斯特里那夷为平地。正如你知道的，我能锁闭、开启天国之门；因为我有两把钥匙，不过我的前任并不珍惜这两把钥匙。"我说："神父，既然你能洗掉我现在必然要被打入地狱的那种罪，那么，多许诺少守约的策略将使得你在稳坐那崇高的宝座上屡屡胜利。"（《地狱》27.67—111）

圭多这一段话是但丁的精心杰作，这段话体现出他的雄辩建议最终导致了他下地狱的宿命——庞尼菲斯八世阴险的建议和圭多对于自己的狡猾程度过高估计导致了他的宿命。但丁用反讽的口吻指出了圭多的另一个失误：圭多并不理解朝圣者但丁在地狱中的性质，他认为但丁已经去世，因此无法再回到人世破坏自己的名声。因此但丁乐意把圭多对于自己背信弃义的自白引入到《地狱》中。

圭多在第85行到第111行描述了他与庞尼菲斯之间发生的故事，用"新法利赛人之王"形容后者。正如圭多所揭示的，当他在方济会修行期间，庞尼菲斯曾来拜访他，试图引诱他出山征战。庞尼菲斯彼时正准备与反对他任教皇的科伦纳家族开战，他询问圭多应该如何攻破科伦纳家族，圭多识破了庞尼菲斯的诡计，认识到这并不是一次正义的征战。庞尼菲斯征战的对象并不是异教徒，而是基督教；这不是一场出于正义而是出于个人恩怨的征战。

庞尼菲斯提出的请求让圭多很震惊，但他很快便屈服了，在第 94 行至第 96 行中，圭多将庞尼菲斯比作寻找希拉提山洞席尔维斯特罗的君士坦丁。在此处我们能够看到诗人但丁卓越的创作技巧，他将庞尼菲斯比作君士坦丁，而在前文中我们能够清晰地看到但丁对《君士坦丁的捐赠》的敌意。但丁将庞尼菲斯比作世俗的君士坦丁，而不是宗教人物君士坦丁。席尔维斯特罗被君士坦丁召去给他治好麻风病，圭多把自己比作被庞尼菲斯召去治疗他狂妄自大的医生：庞尼菲斯狂热地想要击败科伦纳家族。圭多以及但丁通过这种比较格外强调这些治疗：君士坦丁患的是真正的疾病；而庞尼菲斯的“病情”在于他自己狂热的贪婪。

但丁此处的讽刺意味十分强烈，庞尼菲斯给圭多许下的诱饵是赦免他犯下的罪行——“正如你知道的，我能锁闭、开启天国之门”，圭多仔细权衡了他的提议，认识到庞尼菲斯正处在嗜血的狂热迷醉中，陷入了沉默。庞尼菲斯催促之后，圭多说“多许诺少守约”的策略能够助他一臂之力，也就是说，庞尼菲斯应该多答应敌方所提的条件，但是要少履行诺言。庞尼菲斯采纳圭多的计策，答应宽恕帕莱斯特里那家族，恢复他们的地位和职位，他们信以为真，交出帕莱斯特里那城堡，向教皇投降。事后，庞尼菲斯八世公然背信弃义，将帕莱斯特里那夷为平地，并且继续迫害科伦纳家族。庞尼菲斯背叛了答应圭多善待帕莱斯特里那居民的诺言。

在本首诗结尾处，狐狸圭多命运再次上演了反转的剧情，当方济会来接他入天堂时，一个地狱的魔鬼拦住了他们，要把圭多带回地狱，他反击圭多的话成为了经典：“也许你没想到我是逻辑学家吧！”（《地狱》27.122—123）一个人不可能在忏悔的同时犯罪，圭多在方济会忏悔时犯下了最大的罪行：他试图愚弄上帝和公正。这名给别人提供错误建议的罪人最终害了自己。

结论

正如读者所期盼的，但丁批判教士犯罪并不仅限于《地狱》，他在《炼狱》中从更为哲学性的深度视角审视教堂和国家各自的角色问题。站在炼狱山顶上，但丁更为严厉地批判了教会人员对于肩上所担负神职的亵渎。但丁在那里亲眼目睹象征教会的战车经历一系列变形，以及一场激起众怒的寓言式的游行，其中就包括《君士坦丁的捐赠》。

圣彼得在《天堂》第 27 首中谴责腐败的继任者时曾提供了另一个视角：

> 基督的新娘是用我的、林努斯的和克雷图斯的鲜血供养的，并不是为了用她来获取金钱……从高高的天堂看到所有的牧场上都有穿着牧人衣服的贪心豺狼：啊，上帝的救助啊，你为何迟迟不见行动？卡奥尔人和加斯科涅人正在准备喝我们的血：啊，良好的开端啊，你势必落个多么恶劣的结局！但是，那崇高的上帝曾通过西庇阿捍卫罗马在世界上的荣光，正如我所知，不久将来救援。（《天堂》27.40—42；57—63）

彼得将亵渎神职的教皇的贪婪描述成为想要喝他、林努斯和克雷图斯的血，但丁在此时也没有忘记强调他意大利同时代人的腐败、无节制以及无信仰等。圣彼得格外批判了克莱门特五世和约翰二十二世两位教皇的出生地：卡奥尔和加斯科涅。克莱门特五世将意大利教会所在地迁到阿维尼翁，约翰二十二世在那里继续任教皇。然而，圣彼得仍然保持着希望：他预见上帝会介入处置这些贪婪的教会神职人员，光明会再次回到大地上。

Hell on Earth

Dante's Treatment of Place

第五章

人间地狱：但丁对于地点的处理

《地狱》作者但丁是一个无家可归的人，他在《天堂》中用最平实的语言描写了自己的处境，他的祖先卡却亚奎达在此预言了但丁的未来：

你将舍弃一切最珍爱的事物；这是放逐之弓射出的第一箭。你将亲身体验到：别人家的面包多么咸涩难咽；从别人家的楼梯上下，又是多么步履艰难。（《天堂》

17.55—60）

诸如此类的抱怨非常具体，但丁用味觉和动作表达了自己的失落——日常可见的面包以及上下的楼梯。放逐海外这件事使得日常的寻常事物都变得苦涩了。

但丁在放逐年间走遍了意大利北部和中部的绝大多数地区，根据《十日谈》作者薄伽丘和第一位书写但丁传记的作者所说，但丁的足迹远至巴黎。这些旅途给但丁的史诗创作提供了丰富的原始素材，我们能够想象他在维罗纳、弗利、拉维纳或威尼斯作客时如何搜集当地关于君王和其他统治者的故事。我们同样可以想象但丁是如何搜集充实全诗的视觉细节，例如博洛尼亚的两座塔造成的视觉上的幻觉（《地狱》31.136—145），或行家里手关于威尼斯军械库中修造战船的繁忙景象（《地狱》21.7—22）。但丁的学生玛丽·亨斯曼曾于 1892 年创作了但丁地图，其中一幅用精细的制图技巧勾勒出但丁在《神曲》中提到的所有意大利地点，另外一幅涉及但丁在被放逐年间走过的所有地方。19 世纪泛欧旅行的学生都会沿着但丁的脚步重走这些地方。不管是出于对但丁的敬意，还是出于旅游者的好奇，这些行为都足以证明但丁史诗的强大影响力。

但丁在《地狱》中所描述的痛苦放逐经历让人印象深刻，同样让人难以忘怀的还有他更为哲理性的记载。但丁被放逐年间曾写过一本富于哲理的专著《飨宴》，他在其中提到：

> 佛罗伦萨是整个罗马帝国最为富饶和美丽的女儿，她将我逐离她甜蜜的胸脯……我像一个异乡人，甚至像乞丐一样在周边游荡。我虽然不愿意，但是也无法不被命运伤害，而受伤害的心只能接受这不公平的命运。（《飨宴》

1.4—5）

此处但丁的语气和这一段落的微妙之处值得仔细考量，他的真情实感中夹杂讽刺，他把获得财富以及伸张正义的举措并置。因此，并不仅仅是被放逐的惩罚本身——走别人家的楼梯、品尝别人家的咸面包——这件事让他痛苦，惩罚背后的意味也让他痛苦万分。与地狱中罪人们“一报还一报”的惩罚不同，但丁在被放逐路上并未受到针对特定罪恶的惩罚。

艾略特是一位20世纪的诗人、评论家，他经常引用但丁的诗歌，深入研究其史诗中思想和细节的分裂。艾略特曾在1921年写过一篇名为《但丁》的散文，他在其中强调但丁发挥的作用是“尝试实现想法”，而不是“处理这些想法本身”。强调但丁发挥的作用是实现过程的提法非常具有暗示意义。艾略特在1929年发表的另一篇名为《地狱》的散文中进一步强调但丁偏好“明确的视觉意象”，他同时非常富有“视觉想象力”（艾略特的强调）。艾略特稍后在散文《地狱》中再次申明“但丁试图让读者看到他所看到的”。

从某种意义上说，艾略特申明了显而易见的一些东西，地狱的不同地貌深深地吸引着读者一探究竟，古典作家们塑造了一些地狱中有关地貌和惩罚措施的经典形象，而这些形象极富吸引力。但丁跟随奥维德和维吉尔的步伐，在《地狱》中提及四条河流——阿克戎河、冥河、火河以及科赛特斯河，然而他并不是简单照搬，而是对这些河流进行了令人惊叹的改编。在但丁笔下，这些河流分别是谋杀者、暴君和窃贼、易怒者和叛徒接受惩罚的地方。暴君和窃贼在火河中被煮沸，整个河流变成了血红的海洋；易怒者在冥河的沼泽中来回翻滚，痛苦万分；背叛者在科赛特斯河中被冷冻到结冰。但丁勾勒出“明确的视觉意象”，艾略特称其为整部史诗的重要基石。毫无疑问，丰富传神的视觉意象足以撼动读者，但是正如艾略特所说，但丁将想法“实现”成为视觉意象（例如一报还一报）的过程就是不断重复和充实整部史诗张力的过程。他实现想法的过程和这些意象一样重要，他写的《神曲》没有固定地点，但是又把地点这一重要因素运用得十分传神。

将地狱地貌视觉化

这部史诗共有14232行，但丁在其中提到多达125个地点。对于一部专注于地狱的史诗来说，这个数目十分惊人。他在地狱前五层直接提到了意大利、罗马、佛罗伦萨和里米尼几个地点。例如，但丁在《地狱》（2.20—24）首次提到罗马时，他将读者对这个城市的思路整理为两条线索：经典文学作品中常提及的罗马帝国根据地；以及天主教会根据地。“罗马”这个地方能够引起人们很多联想，但是但丁将这些联想限制到和他的史诗有关的两条线索之上。稍后在《地狱》第5首，弗兰切斯卡提及她的家乡时说她来自波河“及其支流入海得到安息的地方”（《地狱》5.99）；这种祥和的意象与她在地狱中被狂飙刮来刮去的情节形成强烈反差。

随着情节的逐步发展，但丁对于地点的处理变得更加复杂，他不仅将地狱中的地点比作地球上人们熟知的地点以帮助读者想象——正如艾略特所说，“让我们看到他所看到的”，也会提醒读者这两者之间的差别。第一次这种强烈对比来自但丁和维吉尔进入冥府第六层关押异教徒的地方，但丁看到很多燃烧的坟墓，他将其比作两个古代罗马墓地：

> 我看到到处都是一马平川，到处都听到痛苦的呻吟并
> 看到残酷的刑罚。如同在罗讷河淤滞之处的阿尔；如同在

> 标明意大利边界、冲刷它边境的夸尔那罗湾附近的普拉，一座座坟墓使地面起伏不平。这里也一样，到处都是坟墓，只是这里的情景更加惨不忍睹；因为坟墓周围都散布着熊熊火焰，把坟墓烧得通红。（《地狱》9.110—119）

这是一个特别鲜明的视觉形象，但丁提到了位于法国南部的阿尔墓地和伊斯特拉半岛的另一个罗马墓地普拉。曾经去过或看过这两地影像资料的读者能够更容易地想象墓地的大小和性质。然而，《地狱》中墓地不同于上述两个墓地的是：那里的灵魂并未安息，而是永世燃烧。

诗中还有很多其他类似的地理位置上的对比，但丁将自杀者所在的昏暗丛林比作13世纪托斯卡纳区切齐纳和科尔奈托之间的近海沼泽带，并且注明这些荒野根本比不上地狱中“如此荒凉、如此繁密树林之地”（《地狱》13.7—9）。同样，但丁还注意到地狱第七层的嶙峋山石和特伦特以南发生山崩之后的场景很像（《地狱》12.4—6）；地狱第七层在燃烧平原上流淌而过的红色溪流与维泰尔博附近含有硫黄的血河类似；科赛特斯河结冰的河水比结冰的多瑙河和顿河有过之而无不及。这些比较能够帮助读者想象这些地方情况多么惨烈。这些对比不仅使得读者对这些地狱地貌更为熟悉，甚至会想象地狱中的恶劣地形超越但丁的描述。

地狱中的佛罗伦萨

但丁对佛罗伦萨所持的态度非常复杂，如他在《飨宴》所说，佛罗伦萨是他渴望回归的“甜蜜的胸脯”，也是驱逐他出境、让他打上被驱逐者烙印的地方。正如读者们所预料的，他在《神曲》中多次提及佛罗伦萨——多达三十一次。与但丁处理人物的手法一样，他处理佛罗伦萨这个地点时也大量采用遁词等迂回的表达方式。其中包括法利纳塔将其称作“高贵的家乡”（《地狱》10.26），一个匿名的佛罗伦萨自杀者称其为“这个城市以施洗者代替了他最初的守护神”（《地狱》13.143—144），朝圣者但丁与伪善者交谈时称其为亚诺河流经的“伟大的城市”（《地狱》23.95）。但丁和法利纳塔的话语表现了他们作为佛罗伦萨公民的强烈自豪感，而匿名自杀者的表达在一定程度上揭示出佛罗伦萨的城市背景：过去战神玛尔斯作为佛罗伦萨的保护神，后来施洗礼者圣约翰代替玛尔斯，成为保护本城的圣者。这件事得罪了战神，他就经常用他的法术，即战争来祸害佛罗伦萨。但丁在另一个段落中提到了这座城市最为著名的建筑洗礼堂，动情地称其为“我美丽的圣约翰洗礼堂”（《地狱》19.17），这里也是诗人但丁接受洗礼的地方。显而易见，诗人但丁极力压抑自己对于佛罗伦萨正面的回忆，而是通过朝圣者但丁和其他人物表达他对佛罗伦萨的感情。

其他间接提到佛罗伦萨的话语更为尖刻，贪食者恰科将佛罗伦萨描述为一个“分裂的城市”（《地狱》6.61），一个“遍地都是嫉妒的城市”（《地狱》6.49—50）。布鲁内托称其为“万恶之巢”（《地狱》15.77），一位佛罗伦萨鸡奸犯称之为一个“万恶的城市”（《地狱》16.9）。这些有关佛罗伦萨的正面和负面表达反映出但丁对这座城市又爱又恨的情绪，但是这些情绪也让人对特定的城市展开一系列联想。朝圣者但丁对地狱了解越多，便对阳间的城市了解越多。因为地狱不仅是对受诅咒灵魂进行评判的地方，也是对他们所属的城市进行评判的地方；也就是说，地狱在地球上有相应对照的城市。

其他劣迹斑斑的城市

但丁的家乡佛罗伦萨并不是诗人但丁的唯一目标，但丁进入地狱更低层之后，开始将批判的矛头指向更多城市。他嘲讽博洛尼亚满是皮条客，锡耶纳公民举止轻浮，卢卡是贪污犯的温床。他还批判了皮斯托亚、比萨、热那亚等城市。

为了突出但丁在《神曲》中对地点的高超处理技巧，我们首先分析他对地点的常规引用。维吉尔在第 11 首中向朝圣者但丁解释地狱中罪行的分类，这一首诗通常被当作“地狱计划”首，明确地介绍了但丁对于公平的解读。维吉尔解释在地狱第七层受惩罚的罪行时指明三类罪犯：渎神者、鸡奸犯和高利贷者。有趣的是，他通过提及两个城市来说明这三种罪行：

> 也可能以暴力施加于上帝；从心里否定和诅咒他，蔑视自然和自然的惠赐；因此，最小的一层是给索多玛和卡奥尔以及那些心里蔑视上帝、口里说公开亵渎的人，并打上他特有的烙印。（《地狱》11.46—51）

《创世纪》曾将巴勒斯坦的古城索多玛描述成和娥摩拉城一样充满罪恶的地方，最终上帝用天火将这两个城市烧毁。卡奥尔在但丁所处时代是法国南部一座以高利贷（收取高额利息的借贷方式）闻名的城市。但丁认为高利贷是一种违背自然的犯罪形式，它触犯了其他更加诚实的赚钱方式。高利贷者是从非自然的金钱中谋利，但丁的读者们对此已经比较熟悉，他们会自觉利用解码的方式解读但丁此处的创作手法。然而，但丁在此处将索多玛和卡奥尔放在一起，或多或少地炫耀了他在史诗创作过程中所持有的主要观点之一：基督教的幸运史将会随着时间的流逝崩塌。然而，这种引用从来都是间接出现。

> 他从我们站的桥上说道："马勒伯朗士们，你们看，这是圣齐塔的行政长官之一，你们把他放到下面，因为我还要回到原地，那里这种人多着呢：除了邦杜罗以外，每个人都是贪污犯；那里为了钱能把不是说成是。"他把罪人扔下，随即转身顺着石桥离去：即使被解掉绳索追赶盗贼的猛犬，也不会跑得如此快。那罪人沉下去，又弓起身浮上来。但是躲在桥上的魔鬼们喝道："这里可不是显露圣容的地方，在这里游泳与在赛尔基奥河可不一样！因此，你要是不想品尝铁叉的滋味，就不要在沥青浆面上露头。"（《地狱》21.37—51）

理解这一段话需要的不仅仅是解码，还需要有解密的能力，而阅读但丁作品的乐趣就在于此。一位地狱魔鬼高兴地说自已抓到了圣齐塔的行政长官之一，这让人不禁联想到他抓住的肯定是一位卢卡人。圣齐塔（1218—约 1278）一生虔诚奉献，因此死后被卢卡城的市民尊为圣者，此处是用她的名字来暗示卢卡城。其中一位马勒伯朗士人告知同乡们卢卡城"这种人多着呢"，随后带有讽刺意味地说那里除了邦杜罗以外，每个人都是贪污犯。最大的党派首领邦杜罗是卢卡最为臭名昭著的贪污犯，但丁此处的嘲弄意在暗示卢卡所有官员都是贪污犯——邦杜罗买卖官职规模如此之大以至于他几乎控制了这座城市的所有非法交易，卢卡城充分验证了有钱能使鬼推磨这句话。因此，邦杜罗在地狱中刚被放开就被买卖圣职者推入沥青池中，他的头一露出沥青表面就被地狱魔鬼用叉子捅回去。这个场景满是暴力，地狱魔鬼们一边把这些倒霉鬼捅得更深，一边嘲弄着说：这里可不是显露圣容的地方。这里的圣容指的是卢卡圣马丁教堂中的一尊拜占庭式的耶稣被钉在十字架上的黑木雕像。根据传说所称，雕刻家在雕刻耶稣头像时睡着，醒来却发现耶稣头像奇迹般地被法利赛人尼苛德摩完成，法利赛人公开抨击耶稣，唯有尼苛德摩对他持支持态度。因此，很多卢卡人对其极其虔诚。然而耶稣的圣容在地狱里却并不能保佑这些卢卡买卖圣职者。地狱魔鬼们嘲笑他们说在这里游泳和在赛尔基奥河可不一样，所以千万别露出头来。

我们能够从但丁如何描绘锡耶纳人身上看出他的喜剧天赋，在《地狱》第 29 首中，但丁与炼金家葛利浮里诺交谈，后者坦白说自己曾经欺骗锡耶纳贵族能够教他们飞行，结果因为欺骗罪被处以绞刑。但丁在此处迂回地提及锡耶纳人的虚荣，并且点出了锡耶纳最轻佻公民的名字：

> 我对诗人说：“难道世上还有像锡耶纳这样浮华的人吗？肯定不会是法兰西人，他们远没有那样爱慕虚荣。”另一个麻风病人听了我的话答道：“斯特里卡除外，他知道有节制地花费钱财；尼科洛除外，是他第一个阔绰地使用丁香，并让这种种子在花园里生根；当然，挥霍掉葡萄园的卡恰·德阿夏诺之流以及卖弄才情的阿巴利亚托也除外。”（《地狱》29.121—131）

但丁此处的技巧起到一箭双雕的作用：他同时批判了锡耶纳人和法兰西人。他列举的浮华的锡耶纳人包括斯特里卡、尼科洛、卡恰以及阿巴利亚托。这四人是浪人俱乐部的会员，他们都是锡耶纳贵族，每人需捐献一大笔钱给浪人俱乐部，否则就会被驱逐出俱乐部。他们不断举办奢侈聚会，吃喝玩乐，不到两年时间就将所有资金挥霍殆尽。读者能够在第128行诗中看出这些挥霍者铺张浪费的习惯，尼科洛喜欢用丁香来烹制食物；卡恰和阿巴利亚托会在举办盛大宴会之后把所有金银餐具和餐桌上的装饰品扔出去。有一位评论家曾说这个俱乐部在两年间挥霍掉216000弗罗林金币，大概等同于现今的1200万到1500万欧元。显然，但丁在此处并不想过多讨论葛利浮里诺的罪过，而是将大部分注意力放在锡耶纳人的荒谬习性上。但丁认为卢卡是买卖圣职罪泛滥的地方，而锡耶纳（和法兰西）是浮华蔓延的地方。那儿是《神曲》中的神曲。

破坏公正的地方：加尔丁格

读者此处似乎根据地狱中受诅咒的卢卡和锡耶纳居民判断出这两个地方分别是什么样子，但丁寻访地狱的旅程让读者对它们形成了固定的印象。读者能够想象诗人但丁也许已经将描述锡耶纳和卢卡的手法同样运用到代表高利贷者的卡奥尔，此处的地狱之旅进一步明确地证实了一种世俗的感情色彩。

但丁在其他地方超越了这种有待证实的地点处理手法，他不再给某个地点打上固定形象的烙印，而是用直截了当的方式描述意大利：将关注的焦点放在这个国家最为臭名昭著的犯罪场景而不是某些地方上。如此一来，他好像给他那个时代最负恶名的罪行打开了曝光灯，读者可以将此视为诗人但丁试图在地球上勾画一个地狱世界。

朝圣者但丁在《地狱》第23首遇到了卡塔拉诺和罗戴林格，卡塔拉诺说：

我们都是快乐修士，是博洛尼亚人。我叫卡塔拉诺，他叫罗戴林格，我们一同被你的家乡选定去维持和平，通常本来只选一个人；我们是怎样维持的，在加尔丁格周围的人至今仍能看出来。（《地狱》23.103—108）

《地狱》中很少有其他章节与此处一样具体，但丁早期读者中只有托斯卡纳读者能够意识到此处提及加尔丁格的重要意义。加尔丁格本来是伦巴第人统治佛罗伦萨的一座城防碉堡的名称，吉伯林派首领乌伯尔蒂家族的房产就在那里，如今这里是韦奇奥宫所在地。圭尔夫派在贝内文托之战中取得胜利之后，卡塔拉诺和罗戴林格被选为佛罗伦萨最高行政长官来调解党争、维持和平。当地民众在圭尔夫派挑动下将乌伯尔蒂家族房产夷为平地。卡塔拉诺和罗戴林格两人当政期间并未全力遏制两党争端。正如卡塔拉诺所说，这个地方深深地打上了罪行的烙印：“在加尔丁格周围的人至今仍能看出来。”（《地狱》23.107—108）两人担任佛罗伦萨最高行政长官期间并没有公正执法，而是见风使舵，偏袒处于上风的党派，这充分暴露了他们虚伪和表里不一的特点。

地狱中的各类罪行井然有序地根据“一报还一报”的法则接受不同惩罚，正义得到伸张。朝圣者但丁下到地狱后，他开始发现这种规律，并且在对比之下越发意识到地球上充斥的各种欺骗和犯罪。但丁竭力将这种清晰明了的处罚手段和结构运用到地球上。正如我们稍后能够看到的，关于《地狱》的改编成为现代文学和通俗文学中最为常见和有力的技巧。很多现代作家都遵循但丁的范例，将地狱运用到自己所处的特定时代和地点中去。

臭名昭著的犯案现场：地中海地带

但丁遇见主张分裂者皮埃尔·达·美地奇那，再一次将某个地点同某种罪行联系起来。读者并不熟悉这一人物，他只在《地狱》第28首中出现过。皮埃尔在罗马涅两大贵族马拉泰斯塔和波伦塔之间制造不和，最终受到被地狱魔鬼刀剑削砍的痛苦刑罚。皮埃尔通过煽动性的指控制造不和，因此受到的惩罚和他用来交流的器官有关——他的耳朵、鼻子和喉咙都被残忍地剖开。他试图用被割裂的喉咙讲话，因此每说一句话喉管中都会喷出一股血：

> 另一个人的喉咙被刺穿；鼻子被切开，直至眉骨以下；耳朵也仅剩下孤零零的一只。他一直与其他人在一起，惊奇地注视着。就在其他人面前喉管绽开着，鲜血淋漓，他说道："啊，你不曾被判罪呀，我在意大利的土地上见过你一面，除非相貌太相像使我认错了人。如果你有朝一日能重返人间，看见那一片从维切利向下绵延到玛尔卡勃的美丽平原，请你记住皮埃尔·达·美地奇那吧。还请你告诉法诺的两位名人圭多先生和安乔莱罗：除非预见有误，否则，他们将因一个残酷暴君的背信弃义而被人扔出他们的船舶，淹死在卡托利卡附近。尼普顿在塞浦路斯和马略卡之间从未见过这样滔天的罪行，这既不是海盗的行径，也不是阿哥斯人的手段。那叛贼虽然只用一只眼睛观看，却控制着这座城市，而与我在一起的那个人则宁愿从未见过这座城市；那个叛贼将邀请他们前来同他会谈，然后设法算计他们，使得他们来不及向浮卡腊风许愿祈祷。"
> （《地狱》28.64—90）

与之前一样，但丁将此处时间设定为1300年，而他1302年才开始写《神曲》，因此他在诗中处在预言已知事物的立场上。皮埃尔在第77行做出一个预言，告诉但丁要警告圭多和安乔莱罗将会有一个狡诈的独眼暴君（马拉台斯提诺）派人试图把他们扔进海里淹死。圭多和安乔莱罗分属法诺的两个敌对党派，皮埃尔的预言是指他们在1312年被淹死一事。马拉台斯提诺试图夺取意大利法诺的统治权。

皮埃尔的这番话是所有主张分裂者在《地狱》中发表最长的言论，其中提及不同地点的次数多达八次。皮埃尔向美地奇那、维切利和玛尔卡勃暗示了自己的敬意，其中美地奇那从前是防御堡垒，维切利是山麓地带的一个小镇，而玛尔卡勃是拉文纳地区的一座城堡。这些地方因为与声名狼藉的皮埃尔联系在一起，因此也变得臭名昭著。法诺是令人垂涎的领土：独眼暴君杀死了这座城市“两位名人”以增强他在此地的势力。马拉台斯提诺邀请圭多和安乔莱罗来参加聚会，随后派人在途中拦截并将他们扔进海里淹死。

马拉台斯提诺所犯下的罪行是地中海地区犯罪之最——地中海地区是指西至马略卡岛，东达塞浦路斯的广袤地带。连海神尼普顿在此任职期间都从未见过如此恶劣的行径。皮埃尔讽刺地说圭多和安乔莱罗不必担心遭遇海难：然而他早已预料到这两人会在亚德里亚海里米尼附近的小城镇卡托利卡遭遇不幸。正如加尔丁格证明着卡塔拉诺和罗戴林格的伪善，地中海也见证着马拉台斯提诺的背叛。两者的区别仅仅在于规模不同，在时间和空间的广袤长河中，地中海地区没有其他罪行能够比这次谋杀的恶劣程度更甚。

但丁此处对于地点的运用十分具有艺术性，皮埃尔开始时指明了一系列地点，其中包括维切利和玛尔卡勃之间的广阔平原以及从塞浦路斯和马略卡岛开始的广阔田园以及海洋地区，简而言之，也就是整个地中海地区。但丁在这里勾勒出一幅声名狼藉的犯罪场景。

记忆的惩罚：罗梅纳

朝圣者但丁与犯伪造钱币者亚当师傅再次证明了诗人但丁处理犯罪场景的卓越技巧。地狱中的伪造钱币者被分成四组，每一组患上某种疾病，亚当师傅也在其中。用炼金术伪造金属者患上麻风病；伪装成他人者患上狂犬病；伪造金钱者患上水肿；发伪誓者和欺诈者患上急性热病。但丁反对伪造假冒者的行为象征着他对所有欺骗行为的批判。世界上的是非颠倒、真假不分（金属、言语、货币、人物）违背了所有神圣秩序和公正。假冒伪造行为改变了事物（人类、言语、金钱）的本来面貌，使得人与人之间不再互相信任。社会中的所有行为都笼罩在怀疑之下，这让但丁十分震动。在地狱中的伪造者患上的不同疾病代表了他们在人世间犯下的不同过错。

亚当师傅用极其生动的语言回忆起他从前的行为：

> 啊，你们这些不受任何苦刑的人，我真不清楚为什么要来到这悲惨的境地，你们仔细瞧瞧亚当师傅的惨状吧。我生前拥有的东西比我想要的多得多，而现在，唉，我渴望有一滴水来解渴！条条溪流从卡森蒂诺的翠绿山丘涓涓流下，汇入亚诺河。它们流过的地方清凉而湿软，这情景一直在我眼前浮现，而且这并非徒然，因为这些形象使我倍感口干舌燥，远甚于这种使我面容日益消瘦的病。严峻

> 的正义将我拉回我犯罪的地方从而使我更加痛苦叹息。那个地方就是罗梅纳，正是在那里我伪造铸着施洗礼者圣像的金币；因为这件事，我的身体在世间被烧毁。（《地狱》30.58—75）

亚当师傅回忆往事时的痛苦很少有人能及，但丁此处的艺术手法十分细腻。首先，他将亚当师傅的痛苦浓缩成一句话："我渴望有一滴水！"随后，但丁将一滴水的意象扩大到条条溪流，继而汇入亚诺河。他把一滴水想象成为温度不同的水流，上帝使得他不断将凉爽溪流想象成为一个绿洲，而极具讽刺意味的是，这片绿洲恰好是他曾经犯伪造罪的地方——罗梅纳。亚当师傅的犯罪始终与他的惩罚紧紧联系在一起，密不可分。

正如亚当师傅所说，他于1252年伪造了佛罗伦萨流通金币弗罗林金币，金币一面印有百合花图案的城徽，另一面铸有守护圣徒施洗礼者圣约翰像。亚当师傅稍后自白道，他在铸造弗罗林金币过程中加入三克拉渣滓（毫无价值的金属）。但丁再次将公众注意力转移到财富给佛罗伦萨带来的负面影响上。亚当师傅伪造的金币在但丁早前谴责过的商业活动加快的社会中流通，与卡森蒂诺的天然美形成了强烈的反差。他竟然伪造有守护圣徒头像的金币，表明他犯罪程度之深。对金钱与日俱增的渴望与不断增长的商业利益有密不可分的关系，三名佛罗伦萨鸡奸犯在第16首中称这种商业利益为"快速的收益"，而这种收益继而导致了道德沦丧。高利贷和伪造假币的行为也就不足为奇了。

饿塔

亚当师傅并不是地狱中唯一一个回忆痛苦过往的灵魂，但丁笔下另一个让人难忘的角色：伯爵乌格里诺给读者讲述了《地狱》中最为痛苦的死亡。朝圣者但丁在地狱第二层科赛特斯冰湖，也就是囚禁叛卖国家者的安特诺尔圈遇见乌格里诺。他被囚禁在结冰的湖中，只有头露出冰面。一个罪犯啃噬另一个罪犯头颅的画面吸引了但丁，他将其比作斯塔提乌斯笔下的《底比斯战纪》，其中受重伤的堤丢斯拼命啃噬敌人。这个食人的行为使我们见证了但丁最为惊人的处置地点手法。

此处在冰面上吸引但丁注意力的两人分别是乌格里诺和卢吉埃里，后者在 1278 年至 1295 年间担任比萨大主教。食人的乌格里诺在卢吉埃里头上蹭了蹭，然后开始和但丁对话，他是比萨吉伯林派中最为显赫家族的成员。乌格里诺在 1275 年（圭尔夫派在贝内文托之战中取得胜利，开始统治托斯卡纳）转投圭尔夫派旗下，随后与一位领导人密谋攻占吉伯林派管辖的比萨，因此被放逐。

乌格里诺经历重重阻挠，仍旧在一年之内回归比萨，竞选比萨长官。比萨当时处在非常危险的境地，因为托斯卡纳其他城市（佛罗伦萨、热那亚以及卢卡）纷纷结盟抵抗比萨。1285 年，乌格里诺割让几座比萨城堡给佛罗伦萨，这一举动激怒比萨居民，并加剧了党派争端。因此，乌格里诺与大主教卢吉埃里领衔的吉伯林派结成更亲密的联盟，他们背后有兰弗朗奇、瓜兰迪和席斯蒙迪等强大的比萨家族支持。最终，叛党叛国的乌格里诺遭到了同盟的背叛，大主教卢吉埃里于 1289 年将他和他的儿孙囚禁，最终他们被活活饿死。

所有托斯卡纳人都熟知乌格里诺被囚禁致死的故事，因此一见到但丁，乌格里诺就急不可待地想要告知他那些不为人知的事，也就是他和儿孙们惨烈的死亡方式。因此，他将故事开始的场景放在了他们被囚禁的饿塔：

> 你想必知道，我就是乌格里诺伯爵，这个人是卢吉埃里大主教。现在我要告诉你，我为什么对他来说是这样的邻人。由于他用心险恶，而我对他十分信任，因此，我先是被捕，随后被处死，这都不用说了；但是，你所不知道的是：我死得那么凄惨，你将知道他是否害苦了我。那鹰塔有一个狭小的窗洞，因我的缘故，它有了饿塔之名，以后它还会成为别人的牢笼。那窗洞大开，向我展示着多少月夜的流逝，而此时我做着噩梦，撕裂了遮蔽我前途的面纱。（《地狱》33.13—27）

在乌格里诺的叙述中，他们被囚禁的牢房慢慢地在读者面前展现雏形。微光从一个小孔透射进来，乌格里诺提及的监狱有很多不同的叫法，如“鹰塔”、牢笼，还有饿塔。他在诗中用“凄惨”、“可怜”等字眼来形容这个囚禁他及其子孙并致死的地方。饿塔原本是瓜兰迪家族所有，因用来圈禁老鹰而得名鹰塔。然而，乌格里诺及其子孙在这里被活活饿死，因此在地狱中将其称为饿塔。（但丁在此改变了其中的细节，与乌格里诺一起被饿死的还有四人，两名是乌格里诺的孙子，三人已成年，而但丁将他们描述成为年幼孩童以加剧惨烈程度。）

乌格里诺通过观测日月变化计算他们被囚禁狱中的时间，在第26行诗中他回忆了在狱中做的一个梦，在梦中有一个人作为猎队首领在山上追逐狼和小狼们，最终经过训练的猎狗用牙齿把狼群撕裂。乌格里诺将支持大主教卢吉埃里的兰弗朗奇、瓜兰迪和席斯蒙迪家族比作猎狗，而狼和小狼们则是他和他的子孙。

乌格里诺在天明醒来时，听到饥饿的孩子们在睡梦中哭着要面包，然而，他们没有等到送面包的狱卒，反而听见可怕的塔牢下面的门被钉上的声音。他和子孙们在饥饿中苦苦等待，每一天都是一种新的煎熬。在忍受饥饿的第四天里，他的儿子伽多断了气，随后其他三个子孙也陆续在第五天和第六天气绝身亡。乌格里诺这时变得异常虚弱，他的眼睛已经失明，只能在死去的子孙身上摸索嚎叫。他在临死前说：“饥饿比悲痛力量更强大。”（第75行）他说完这番神秘莫测的话之后，重新开始咬住卢吉埃里的脑袋。

乌格里诺讲述的故事十分可怕，然而，很多读者从中领会到更为可怕的暗示。自从文艺复兴以来，《神曲》的评论者们开始争辩乌格里诺“饥饿比悲痛力量更强大”这句话的暗示。但丁在此处着重暗示的是食人行为还是被饿死的遭遇？乌格里诺的意大利语句法使得两种解释都可行，但是大多数评论者都倾向于选择第二种选择。

但丁对于乌格里诺无辜的孩子惨遭陷害的遭遇感到十分愤怒，因此在第89行诗中对比萨展开猛烈攻击。

> 啊，比萨，你是能听到说“是”的美丽国土上人民的耻辱啊！既然邻居们迟迟不来惩罚你，就让卡普拉拉和戈尔戈纳移动过来，在亚诺河口构成堤坝，让河水把你的居民统统淹死吧！因为乌格里诺伯爵固然有出卖你城堡的名声，你也不该使他的儿子们惨遭屠戮。他们青春年少，你这新的底比斯呀，乌圭乔涅和勃利伽塔以及上面提到的另外两个，年龄幼小，他们都很无辜呀。（《地狱》33.79—90）

这种罪行诗人联想到另一个受到诅咒的城市底比斯，这是一个以杀害父母罪、杀害手足罪和乱伦臭名昭著的城市，俄狄浦斯杀害了亲生父亲拉伊俄斯之后成为底比斯国王，随后与母亲伊俄卡斯忒成婚，生下了自相残杀的双生兄弟波吕尼刻斯和厄特克勒斯。但丁在盛怒之下诅咒卡普拉拉和戈尔戈纳在亚诺河口构成堤坝，让河水把比萨居民统统淹死。新的底比斯——比萨——应该被灭绝。

但丁在苛责并诅咒犯罪灵魂和城市方面从不吝惜笔墨，然而他描述比萨这座城市的严厉程度居于榜首。如果读者仔细观察，便会发现但丁对比萨的批判似乎自相矛盾：他批判比萨不仅无情迫害无辜的孩童，还弑杀君主，然而这个城市中既有犯罪恶徒，也有无辜百姓。但丁批判大主教对乌格里诺家族惩罚残忍，因而大主教在但丁笔下遭受了更为残忍的刑罚。

《地狱》将近结尾处的这一段落不论在恐怖氛围还是艺术技巧方面都达到了顶点，朝圣者但丁所看到的景象无疑是艾略特所称的“视觉意象”——一个受诅咒的灵魂无情啃咬另一个灵魂的头颅，然而，乌格里诺此处的描述同样让人印象深刻：破晓之下逐渐变得清晰的快要饿死的孩子们；饿塔中送饭的门被钉死的声音；乌格里诺无情啃咬自己的双手；最终，失明的乌格里诺用双手抚摸子孙们的尸体。

莎士比亚笔下人物曾这样评论但丁的诗艺，让人印象深刻：

> 诗人的眼睛狂热地转动，从天堂看向人间，从人间望向天堂；正如想象象征着未知，诗人的笔触将它们化为有形，什么也没有添加，只是给它们加上一个地点和名字而已。（《仲夏夜之梦》5.1.12—17）

这段话很好地总结了但丁的成就，他的诗歌涉及“不为人知的事物”——地狱、炼狱和天堂，也涉及地球上已知的事物。对于亚当师傅而言，口渴就是水滴、小溪和河流等水流形式的吸引。饥饿在乌格里诺笔下变成了一系列移动的细节。然而，所有事例的效果最终都屈从于地点的重命名，例如亚当师傅的卡森蒂诺山和知名的建筑物鹰塔。

但丁的《神曲》涉及两个领域，意在勾勒出他对后世的理解，然而这种理解也包括对人类世界的回忆和描述。最终，但丁对人世的描述不是他所勾勒的地狱的对立面，而是它的延伸，因此将两者结合起来。勾勒地狱地貌的过程也是揭露人世间腐败的过程，但丁的理解与现代社会对诅咒的理解非常相似——受诅咒的罪人们在地狱中不仅身体上受到惩罚，精神上同样备受折磨。

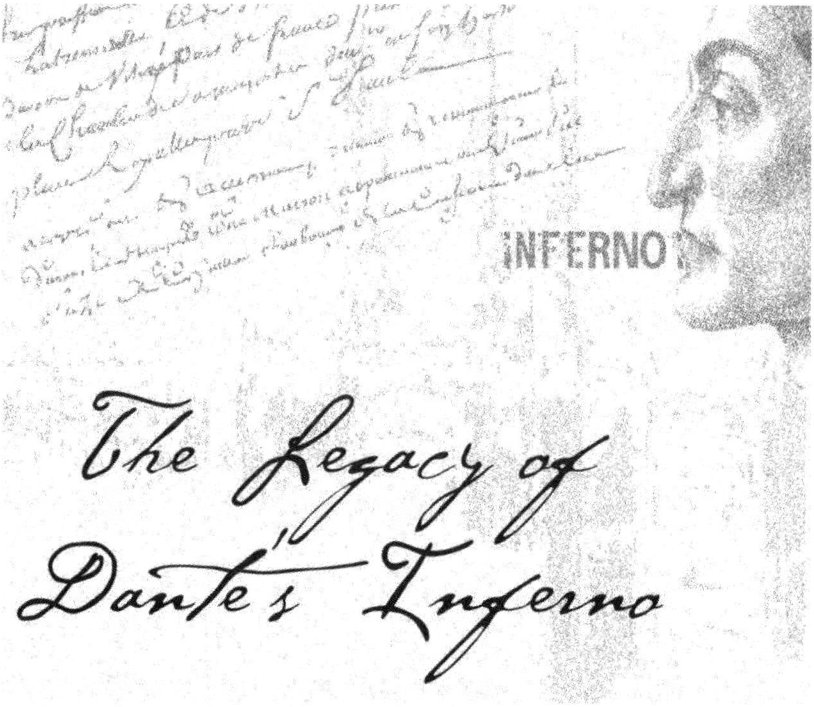

第六章

但丁《地狱》的影响

我们在前文已经就后世作家对但丁《地狱》的引用和改变进行过探讨——但丁在史诗创作中的选择对后世作家的影响，现在让我们进一步探讨有哪些作家曾做过这方面的尝试。本章将就高雅文学作者如何引用及改编但丁《地狱》，而本书第 7 章将着力探讨通俗文学对其引用和改编。

本章并未试图穷尽所有曾对但丁《地狱》进行引用和改编的文学作品，实际上，尽管《神曲》在整个欧洲和美洲影响斐然，我们仍然只将视角放在英文作品上，并试图展示但丁作品如何激发后世作者想象力的最好途径便是仔细分析这些作家的作品。

精神上的地狱：约翰·弥尔顿的《失乐园》

为了探讨后世作家对《神曲》的改编和引用，约翰·弥尔顿的《失乐园》显然是首选，正如弥尔顿在诗中所说，为了“证明上帝于人之公正性”，他在《失乐园》中多次用不同方式对《地狱》进行引用和改编，其中最为大胆的改编就是撒旦这一角色。在《地狱》中，撒旦是一个纪念碑式的人物，他体型庞大，岿然不动，十分可怕，是整个地狱旅途终点所在：

> 如果说他过去那样美，那么现在他竟然如此丑陋。他还竖起眉毛反抗他的造物主，人世间的一切苦难根源理所当然是他造成的。啊，我看到他头上居然有三张面孔，对我来说，这是多么大的奇观！一张面孔在前面，是红色的；另外两张和这张相连，位于肩膀正中的上方，然后在顶部重新联结在一起。右边面孔又白又黄；左边那张看起来就像尼罗河上游居民的面孔。每张面孔下都伸出一双大翅膀，其大小与同样大小的飞鸟相当：我从来没有见过海船的帆有这样大。翅膀上没有羽毛，而是像蝙蝠的翅膀一样；他扇动这些翅膀，就有三股风从他身上刮来，使科赛特斯河冰冻成冰。（《地狱》34.34—52）

与其说但丁笔下的撒旦是一个角色，倒不如说他是一个物体。实际上，他和地狱中的惩罚设施如此和谐，以至于几乎成为其中一部分。他在冰河中央不断扇动翅膀，使河面结冰，随后犯背叛罪的灵魂们在冰河中接受惩罚。他慢慢地将三个主要罪人——犹大、布鲁特斯和卡西乌斯——嚼得粉碎。撒旦非常可怕，但是他的存在并未引起但丁和维吉尔的注意，两人爬到撒旦身上，继而抵达炼狱。

为了了解弥尔顿从但丁身上学到了什么，我们只要分析一下《失乐园》第一本中开场的话语。撒旦和邪恶天使们被上帝及其天使们击倒在烈火熊熊的湖中，撒旦从湖中站起来，这位失位的大天使说道：

> 难道这就是我们用天堂换来的土地？换来的就是这块地盘，这片疆域？天上的光明只换得这可悲的幽冥？也罢，既然如今他是统治者，他想要怎样就怎样安排吧。论理智，他和我们不相上下，论实力，却远超出他的同辈。(《失乐园》1.242—249)

此处宏大和狡猾的撒旦形象让读者联想到《地狱》中很多罪人的复杂心理状况。撒旦显示出对至高无上权力的极度向往，我们对此不得不表示钦佩。然而，撒旦也展示出自身的道德缺陷，他认为上帝仅凭一己之念设定众生归宿，丝毫无公正可言。他还坚持认为自己在理智上与上帝不相上下，后者的成功只是一个偶然。我们可以通过分析但丁在《地狱》中最为著名的几段话就可以发现弥尔顿是如何将但丁史诗的即时性和简练性糅入自己的诗作之中，例如第 33 首乌格里诺对囚禁生涯的回忆、第 10 首法利纳塔对托斯卡纳政治的严词谴责等。除此之外，弥尔顿同样有所创新，但丁笔下人物语言十分短促，而弥尔顿笔下人物则恰恰相反。弥尔顿笔下的撒旦发表言论较长，但是仍然延续了但丁笔下撒旦言语的强烈张力。

弥尔顿在此处刻画的撒旦形象延续了但丁笔下撒旦的心理矛盾和闪避，正如很多但丁诗中受诅咒的灵魂一样，弥尔顿笔下撒旦发表一通意味深长的复杂言论，既表现了英雄气概的主题，也揭露了腐败现象；既有自私自利、避实就虚的语言特点，也有铿锵有力的修辞。

撒旦自夸道，“在这儿，我至少是自由的”（《失乐园》1.258），重新定义了自由，用嘲弄的语言粉饰了他的“同伴和朋友”们面对的灾难般的失败。撒旦此处的自白十分动人，同时又充满理性，闭口不谈自己的责任和过失。与但丁笔下人物一样，弥尔顿笔下撒旦十分擅长反讽。显然，弥尔顿从但丁极其精炼、意义丰富的修辞中受益颇多。

对于弥尔顿来说，地狱充满了体罚和折磨，他所描述的“燃烧的尘土”生动形象，读者能够感受到其中燃烧的火焰和散发出的气味。从这一点上说，弥尔顿笔下的地狱和但丁笔下地狱很像。然而，正如弥尔顿笔下撒旦所说，他关注的焦点并不是身体，而是心灵所处的状况：

> 来吧，来欢迎你的新主人吧！他带来一颗永不因时地而改变的心，这心是他自己的住家，能把天堂变地狱，地狱变天堂。（《失乐园》1.252—255）

评论者也许会说，撒旦从燃烧的火湖中站起来的过程既是他从但丁笔下地狱中的折磨中站起来的过程，也是摆脱心灵非难的过程，这种摆脱心灵非难更像是文艺复兴时代强调的心灵的隐私。这从撒旦稍后的痛苦阐述中可见一斑：

> 可悲啊！我该如何逃避无限的愤怒、无限的失望？逃避只有一条路，那就是地狱；我自己就是地狱；虽然在地狱的底层，仍有张着大嘴在等待把我吞下去的更深的一层；同那相比，我目前的地狱简直是天堂了。（《失乐园》4.73—78）

弥尔顿在《失乐园》中模仿但丁，同时也有所创新，他没有将地狱塑造成一个现实世界，而是一种精神状态。从某种意义上来说，但丁最富中世纪特点的物质性升级成为文艺复兴时期思想家最为典型的特点。

重复和致敬：两位19世纪引用但丁作品的作家

一些诗人有时引用但丁作品的目的并不在于与其决一高下，而在于表达尊敬，阿尔弗雷德·丁尼生便是其中之一。他在1842年创作了《尤利西斯》，这是一部情节紧凑、修辞手法丰富、人物形象微妙、语言精美的作品，几乎能够媲美但丁在第26首塑造的经典神话人物形象。对于丁尼生而言，但丁笔下尤利西斯颇具说服力的言语和高尚的人生态度对他触动最大，他的诗句中洋溢的感情让人联想到但丁的著名诗句：“考虑一下你们的起源吧：你们并非生来像兽类一般活着，而是要追求美德和知识。”（《地狱》26.118—120）但凡阅读丁尼生作品的人无不为他的“追随知识，像那西沉的星星到那人类思想极限以外的地方”而感动。

尽管丁尼生十分尊敬但丁，他并未对尤利西斯这一人物形象进行同样的有趣解读，但丁给尤利西斯的探索打上基督教的烙印，并且暗示这一探索毫无意义、愚蠢之极。尤利西斯在地狱中的自白以死亡告终，就像他那艘驶向未知的船消失在漩涡中一样（这艘船行驶在不祥的黑山附近，也许正是炼狱附近）。尤利西斯自白中也提到过此次灾难报复性的后果："顷刻间欢乐化作悲哀。"而维多利亚时期的丁尼生所描述的尤利西斯同样带有鲜明的时代特点。他将尤利西斯寻找"新事物"的探索与其儿子忒勒马科斯更为严谨的事业相比较，忒勒马科斯试图改进管理，使臣民开化，变得"有用而优秀"。但丁用基督教定义尤利西斯的旅程，认为这次旅程是一次无谓的空虚经历；而丁尼生则是从社会角度对其进行解读，儿子负责任的努力与父亲无意义的漫游形成鲜明对比。两位诗人塑造的尤利西斯具有善辩、有魅力的相同点，同时又各有侧重，体现了两位诗人所处的不同时代特色：但丁时代的基督教信仰，以及丁尼生时代对社会进步的热衷。尤利西斯的航行是一次死亡之旅，丁尼生将其中张力改编成更富于自己所处时代特色的故事。

然而，并不是所有诗人都像丁尼生一样改编但丁作品以表达敬意，约翰·济慈在1821年创作了《拉弥亚》，其中回忆到但丁《地狱》内容时，与但丁展开友好竞赛。《拉弥亚》的故事以一只蛇开场，济慈描述了它由一只蛇变成一个美丽女人的过程。他回忆起但丁在《地狱》第24首和第25首中所描述的偷盗者受到身体被偷走的惩罚。但丁用卓越的诗艺记述了一只蛇袭击偷盗者并与他交融的过程。早前曾有诗人也描述过类似的变形，诸如卢坎、奥维德等，但丁坚持说他自己的描述胜于前辈们，于是奚落奥维德说："而我并不艳羡他；因为他从不曾使两种性质的东西面对面地相互变形，使两种形态如此迅速地改变各自的原形。"（《地狱》25.100—102）但丁随即开始出神入化地描述这一变形，证明了自己的傲慢并不是空穴来风。

济慈在诗中写到变形即将发生的那一刻时，深深意识到有些读者一定会回想起但丁关于变形的描述，他并没有炫耀自己的创造力，而是努力在描述变形的过程胜过但丁：

如今那蛇自由自在地开始变化了；
她那仙灵的血疯狂地奔流；
她嘴吐白沫，被洒上白沫的青草
因这甘蜜而有毒的浆汁而枯萎；
她两眼固定在折磨和寂寞的剧痛中，
炙热、光滑而阔大，睫毛全都焦枯，
闪烁的磷火和猛烈的火星，没有一滴阴凉的泪水。
颜色在她整个长身体里变成火红，
她扭来扭去，因明显的痛苦而抽搐：
一种火山似的深黄色
取代了所有她那比月亮更柔和的身体的美；
当熔岩狂吞那草地时，毁坏了所有她的银甲和金绣：
使所有她的斑点、条纹和长块变得晦暗，
蚀食了她的眉月，舔去了她的星辉；
因此，在不多一会儿工夫，
她被卸去了所有的青玉色、绿色、紫水晶色和赤银色；
被剥夺了这些，只留下了痛苦和丑陋。
她的头冠仍然发光；
光一消失，她也突然溶化了……（《拉弥亚》1.146—166）

济慈在此处并未像但丁一样自夸和炫耀，而是用一场丰富的诗艺盛宴款待读者。他对但丁一直保持虔诚的态度，然而同时又十分享受与其的友好竞争。实际上，读者也许会说济慈试图与但丁决一高下就已经是对这位伟大诗人的崇高敬意。济慈学习到但丁的雄心壮志，并且将其充分运用到自己的创作中去。

地球上的地狱：但丁和文学史上的现代主义

在英美文学引用但丁作品的历史长河中，没有任何一次文学运动能够媲美现代主义，其中以托马斯·斯特尔那斯·艾略特和埃兹拉·庞德两人尤甚。他们的创作从但丁的作品中得到很多启迪。文学史上的现代主义是一次复杂的文学运动，从某种层面上说，现代主义是受到19世纪伟大思想家们的启迪而诞生的文学运动，其中包括将意识与经济基础联系起来的卡尔·马克思；声称人类意识只是一种进化状态，并将继续发展下去的弗里德里希·威廉·尼采，以及提出人类日常意识是不完整错觉的无意识驱动理论的弗洛伊德。正如尼采所说，文艺复兴导致很多艺术家和学者颠覆了对传统价值观的看法。传统价值观不可能像但丁、弥尔顿或丁尼生时代所说，来自于天神。一些思想家为此雀跃，而另一些则感觉到深深的缺失。后一类人对此深表厌恶，开始觉得周围一切都是毫无价值、任意武断。

作为一种文学运动，现代主义部分的出发点部分在于反对20世纪的现实主义叙事方式，现代主义作家倾向于一种更为“神秘的”叙事，他们不断引用神话，以掩盖表面上的现实主义。乔伊斯的《尤利西斯》便是如此，这部小说坚定不移地围绕20世纪都柏林人的一天进行，同时他们的活动及情绪与荷马的《奥德赛》又有相似之处。

托马斯·斯特尔那斯·艾略特的《J.阿尔弗雷德·普鲁弗洛克的情歌》同样体现了这种心理现实主义和神话结构特点。从某种层面上说，这首诗记录了说话者对于自己在肮脏城市中的无聊生活内心深处的想法和焦虑。普鲁弗洛克是一个十分腼腆、聪明又缺乏行动力的人物形象，艾略特对直接用现实主义写作方式刻画这样一个人物形象不甚满意，他引用但丁《地狱》第27首中圭多的话作为这首诗歌的题词，恰好反映了这一点：

> 假如我相信我的话是回答一个终究会返回尘世的人，这团火焰就会静止不再摇曳；但是，既然果真像我听到的那样，从来没有人能从这深渊生还，我就不怕名誉扫地来回答你。（《地狱》27.61—66）

通过引用圭多在地狱中的言辞，艾略特使读者在阅读普鲁弗洛克自白时自觉将其联想为这是一个受诅咒的灵魂在地狱中说的话，他一边受难，一边自白，还认为他的话不会被传播到地球上去。普鲁弗洛克和圭多之间的联系强调了艾略特眼中的日常生活何其压抑，他诗中漂泊的都市人在某种意义上来说已经死亡。普鲁弗洛克的优柔寡断以及社会孤独感使他自白道：

> 总会有时间，总会有时间装一副面容去会见你见过的脸；总会有时间去暗杀和创造，总会有时间让举起问题又丢进你盘里的双手完成劳作与度过时日；有的是时间，无论你，无论我，还有的是时间犹豫一百遍，或看到一百种幻景再完全改过，在吃一片烤面包和饮茶以前。（《J.阿尔弗雷德·普鲁弗洛克的情歌》26—34）

此处暗示着现代都市人生活在地狱中，他们受到的惩罚种类之多、刑罚之严酷，丝毫不逊色于但丁笔下的地狱。弥尔顿认为与其说地狱是一个地方，不如说是一种状态；艾略特认同这种说法并将其运用到他感到排斥的厌恶的世界中。然而，艾略特除了向弥尔顿致敬之外，也对但丁表达了更深的敬意。

艾略特在 1922 年创作的现代主义代表作品《荒原》中同样采用这一技巧，这部复杂诗作的第一部分引用人量文学典故，用很多片段勾勒出一个混乱的、无意义的世界，其中受诅咒的灵魂纷纷陈述自己的痛苦。《J. 阿尔弗雷德·普鲁弗洛克的情歌》讲述的是主人公在黄昏时分漫步的故事，说话者一开口就礼貌地邀请读者一起（“那么我们走吧，你我两个人”）去感受这座城市。《荒原》同样采用这种结构，正如普鲁弗洛克所说，读者在荒原中也会去这座城市的地狱“做客”。艾略特在《荒原》用此技巧描述了都市人去伦敦上班的路程如何：

> 不真实的城市，在冬天清晨褐色的雾里，一群人跨过伦敦桥，呵，这么多！我简直不敢相信死神竟毁掉了这么多人的生命！叹息，隔一会短短地嘘出来，每个人的目光都盯着自己的脚。（《荒原》60—66）

其中第 4 行诗句来自《地狱》（3.55—57）朝圣者但丁对地狱边缘中受惩罚灵魂的描述，第五行诗句来自《地狱》第 4 首。艾略特以此暗示地球就是地狱，而伦敦就是冥府，现代生活就是一种非难。通过引经据典，艾略特表达了自己对于现代社会的信仰缺失、混乱和无根性的深切恐惧。

整部《荒原》中处处体现着现代社会与但丁笔下地狱相似的理念，其中第二部分主要展现的是疏远的男女之间的关系，一个歇斯底里、濒临崩溃的女人自说自话，而在旁的男人始终不回应，最终这个女人变得急迫，男人意志消沉地回应道：

> 十点要热水。若是下雨，四点要带篷的车。我们将下一盘棋，揉了揉难合的眼，等着叩门的一声。（《荒原》135—138）

与艾略特诗中其他人物一样，这个男人永远只能看到社会空洞、无聊的一面——他在精神上已死。

《荒原》第二部分是以两个女人在酒馆快打烊时的对话告终，其中一个姓名未知，另一个名叫丽尔，丽尔的丈夫艾伯特即将从第一次世界大战战场返回，他想要“找点乐趣”，并且希望丽尔在他服役期间学得聪明一点：

> 他要问你他留下的那笔镶牙的钱是怎么用的。他给时，我也在场。把牙都拔掉吧，丽尔，换一副好的。他说，看你那样子真叫人受不了。（《荒原》142—146）

丽尔将自己容颜不再归咎于堕胎（诗中多次出现流产的例子），与丽尔对话的匿名者说如果她继续看起来这么“老相”，艾伯特可能会去另找乐子。这一章节中表现出来道德缺失的思想以谈话者回忆周日饭局上“熏火腿”的“鲜味”而结束。人物之间爱的缺失、腐朽、愤世嫉俗、绝望以及混乱目的都在这次“做客”中表现得淋漓尽致。

艾略特在诗中多次引用《地狱》，其中最为出彩的莫过于对提瑞西阿斯的影射。提瑞西阿斯是一个在伦敦人民中四处游荡的预言者，他对于一个无聊的打字员和和一个投机取巧的文员之间的风流韵事的描述极具但丁笔风的细致和犀利：

> 来得正是时机，他猜对了，晚饭吃过，她无聊而懒散。他试着动手动脚上去与之温存，虽然没受欢迎，也没有被责备。兴奋而坚定，他立刻展开进攻，探索的手没有遇到抗拒，他的虚荣心也不需要反应，冷漠对他就等于是欢迎。（《荒原》235—242）

这一段落既简洁，又易引起共鸣，展现了现代生活的意义缺失，即使最为亲密的接触都是空洞的，欲望也是呆板、机械的。

艾略特对但丁进行了概念上的引用，他的好友埃兹拉·庞德对但丁的效仿则较为机械。庞德历经多年创作，终于写成史诗《诗章》，其中多次引用但丁的愤慨来表达他对现代主义的不满。庞德在第 14 章中塑造了他自己的地狱，涉及多种现代罪恶，例如政治煽动罪、牟取战争暴利罪、经济诈骗罪等。作为一名在宾夕法尼亚大学接受过良好语言训练的学生，庞德对但丁在史诗中采用的各种诗体形式耳熟能详。

与艾略特一样，庞德也曾表示过对但丁的敬仰，他直接引用《地狱》第 5 首的原句来警示读者地狱即将来临，随后用惊人的细节描述各种罪恶及其刑罚：政治家、煽动者用“肛门”与群众说话，奸商不得不喝下和着粪便的血液。庞德接着抨击了伪善的道德改革者——“伪十字军，对着丝绸放屁”。读者由此能够联想到但丁在《地狱》第 18 首中描述阿谀奉承者受到被粪便淹没的惩罚，恶魔巴鲁巴兽曾经愤怒地亵渎神灵：“他把肛门当作了号角。”（《地狱》21.139）

庞德从但丁身上学到如何直接利用基本词汇达到使读者震惊的

效果。

庞德《诗章》第二部分以影射地球上的道德败坏告终，与但丁在《地狱》中混合地狱和地球的道德败坏有异曲同工之妙：

> 可恶骗子的泥淖；蠢行的沼泽。恶毒的蠢行、蠢行；
> 充满脓液的土壤爬满了害虫。活蛆在死蛆的尸体上繁衍；
> 高利贷者、权力掮客压榨着贫民，连阴虱也参与其中。
> (《诗章》14.68—74)

正如但丁在《地狱》中说明受诅咒灵魂所犯下的罪孽一样，庞德在他刻画的人间地狱中同样反映出居民们所犯的罪恶。

我们将用现代诗歌中引用但丁作品最为典型的艾略特《小吉丁》来为这一部分画上句号。《小吉丁》是艾略特作品集《四个四重奏》中的一首诗歌，反映了朝圣者但丁在信仰中的挣扎和徘徊，同时还探讨了宗教在现代社会中的地位问题。艾略特一直在这个无神论的混乱世界中探寻宗教满足感，在这一过程中他不断地从诗人但丁和朝圣者但丁身上寻求慰藉。

《小吉丁》第 81 行至第 151 行讲述的是主人公在一次空袭之后走在街道上的场景，这一点无疑和艾略特本人亲身经历有关：他曾经在第二次世界大战期间德国空袭伦敦之后担任街道巡逻的志愿者。这首诗提到“喷吐着忽隐忽现火舌的黑黝黝的鸽子”，指的是一艘德国军机，主人公似乎正行走在一条刚刚被空袭过的废弃街道上。读者需要注意的是艾略特在此处采用的是但丁创作《神曲》时用到的意大利三行诗节押韵法，对于用英语创作的诗人而言，这是一种极其不寻常的押韵手法（需要太多韵脚），尤其是对于艾略特这样一位擅长用典的诗人而言。然而，其中更具但丁色彩的是主人公与第95行中提到的与“熟识但已淡忘的灵魂”的交谈：

> 我用犀利的目光审视着他那张低垂的面孔，就像我们打量初次遇见的陌生人那样。在即将消逝的暮色中，我突然瞧见一位曾经相识、但已淡忘的已故的大师。我恍惚记得，他既是一个也是多个；在他晒黑的面孔上是一双熟识的复合灵魂的眼睛，既亲密又不可辨认。因此我假定了一个双重角色，一面喊叫，一面又听另一个人喊叫：“啊！你在这里？”（《小吉丁》91—100）

艾略特在此处并未直接引用但丁原话，然而如果读者细细品味，就会发现其中奥妙。“黎明来临前无法确知的时刻”“犀利的目光”“晒黑的面孔”“啊！你在这里”都让读者联想到《地狱》第15首的布鲁内托。因此，艾略特诗中提及的是诗人/说话者与过去的某位诗人之间的会面，与但丁和布鲁内托的会面极其相似。艾略特本人在被问到这位“熟识的复合灵魂”具体所指时也不曾确定答案，而是提到好几位有可能的作家，其中有威廉·巴特勒·叶芝和乔纳森·斯威夫特。然而，正如很多现代诗人曾经所说，这种研究和推测也许欠妥。读者需要谨记艾略特的模仿对象是但丁，那么此类模糊指代便不难理解了。但丁的史诗带有浓烈的神秘色彩和大量模糊指代，因此艾略特提到的模糊人物形象“熟识的复合灵魂”往往使读者联想到但丁笔下很多模糊人物。

至此，读者也许会发现这两首诗歌还有其他相似之处。就像但丁笔下的导师布鲁内托一样，艾略特笔下的灵魂在批判同时代人的忘恩负义时，所说的是生动的本土语言。布鲁内托安慰但丁他的同时代佛罗伦萨人是出于忌妒他时说："在酸涩的山梨树中，不可能让甘甜的无花果树结出果实。"（《地狱》15.65—66）而鬼魂一般的主人公在安抚艾略特现代读者品味变化时说："上季的果子已经吃过，喂饱的野兽将把空空的食盆踢开。去年的话属于去年的语言，而来年的话将等待另一种表达。"（《小吉丁》118—121）

两位灵魂都曾就仪式化情节发表言论，布鲁内托蔑视来自附近城市菲耶索莱的佛罗伦萨人："他们在世间已臭名昭著，被称为有眼无珠；他们是贪婪、嫉妒、狂妄的人，你应当小心，不要沾染上他们的习气。"（《地狱》15.67—69）

艾略特笔下灵魂探讨的是语言的净化，现代主义作家也曾就此展开分析：

> 我们关心的是语言，而语言驱使我们去净化部族的方言，并敦促我们承前启后。（《小吉丁》128—130）

但丁和艾略特分别探讨了某一个领域的净化：但丁涉及的是政治领域腐败，而艾略特涉及的是语言不纯的问题。

最终，来自地狱的两位主人公分别给但丁和艾略特以警示，布鲁内托预言但丁日后被放逐的惨痛经历，同时预言但丁日后一定会享誉盛名。艾略特笔下灵魂则不那么乐观，他关注的是无用的旧时代满溢的缺点，预言人们不会及时发现这些错误，并会对此感到懊悔。艾略特此处又开始玩弄神秘的把戏，将但丁所处的基督教世界的确定性和释然与艾略特自己所处时代的不确定性和焦虑形成鲜明对比。但丁记录的是一个受到祝福的神圣灵魂被救赎的过程，而艾略特的诗歌反映的则是他对宗教的怀疑问题仍然充满不确定性。对于艾略特而言，但丁的《神曲》仅仅是使他感到震惊的神秘过去的一部分——这种模式能够给予他启迪，然而他却永远无法回到这种模式中去。

以上范例并未穷尽后世作家对但丁作品的改编和引用，但丁为后世诗人在诗歌创作方面提供启迪，我们应该注意并且实践但丁诗中技巧的可运用性——他对本土资源的执着利用、他对官方和通俗语言的引用、他用精炼语言表现戏剧性场景以及将神秘性引入创作中去等。但丁的史诗为后世几百年作家们提供了广泛而深刻的启迪。

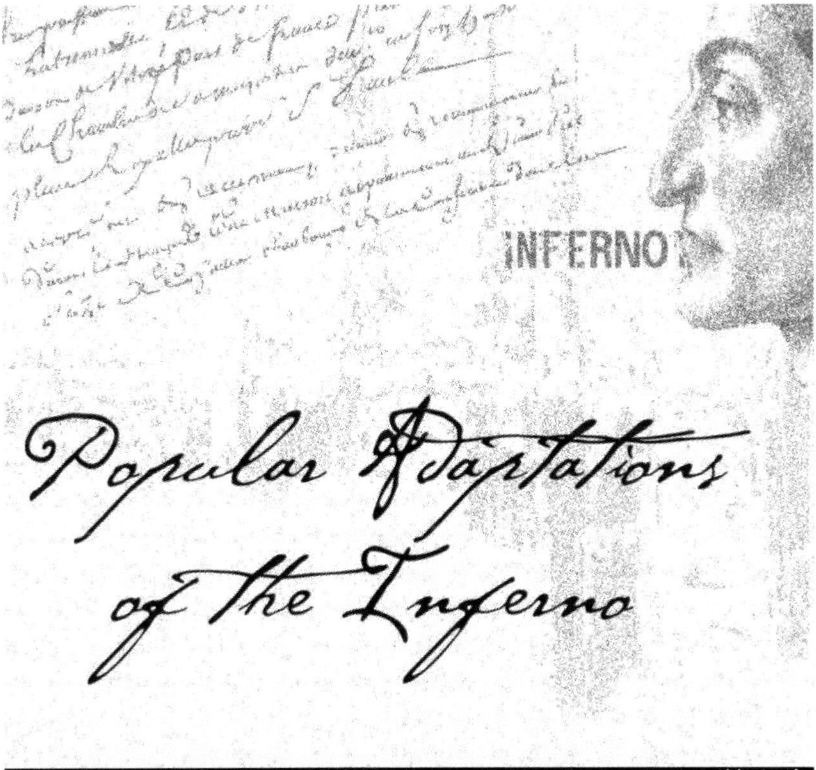

第七章

传承《地狱》的大众文化

古典文化与大众文化对古典艺术作品及文学作品的继承和改编大相径庭：古典文化相对庄重、严肃；而大众文化则更随意、诙谐。例如在改编自莫扎特歌剧《塞维利亚的理发师》的著名卡通动画片中，主人公猎手小结巴在莫扎特的歌剧中徒劳地追捕兔八哥，愚笨不言而喻：兔八哥乔装成理发师躲避小结巴的追捕，还给他剪了个无比滑稽的发型；两人之间经过一系列追逐之后，兔八哥男扮女装吸引小结巴到结婚圣堂。莫扎特庄严壮丽的音乐配着狡猾兔八哥的台词，对比鲜明。然而，正如托马斯·品钦在《拍卖第49号》中所说，“低级的双关语含有高深莫测的魔力”。喜剧，甚至是闹剧，都不能阻止我们深入思考。与其说这部卡通片是在嘲讽《塞维利亚的理发师》，不如说它意在讽刺所有歌剧。因此，我们记得莫扎特歌剧中多情的醉汉士兵、荒谬狡猾的理发师费加罗以及表面上纯洁无辜，然而却在在看守鼻子底下出轨的罗西娜。

“reverence”和“respect”这两个词也许能说清改编但丁作品的古典文化和大众文化之间的区别。如今，这两个词的区别已经逐渐模糊，但是我们能够从它们最初的意思中一探究竟。“reverence”来自于拉丁词语“revereor”，意思是“敬畏地站着”；“respect”来自于拉丁词语“respicio”，意思是“往回看”。这两个词都有回顾的含义，然而“respect”的关注点则更加随意。艾略特、庞德和丁尼生对但丁文本的敬畏都带有夸张的色彩，就像朝圣者但丁在《地狱》中初次见到维吉尔时表现的那样：“你是我的老师，我的楷模，只有从你那里我才能学到那优美的风格。”(《地狱》1.85—87)

但丁此处的言语表明了他对过去作家的尊敬，然而，表达尊敬的方式有很多种，其他相对平和的赞扬同样有力，很多对但丁史诗进行改编的大众文学作品以另一种方式表达了他们对于但丁这位“我的老师、我的楷模”的尊敬。有时候，斩钉截铁的背离某位权威同样是这些权威作品强大影响力的最好佐证。

黑色幽默以及地狱中的惩罚：大众电影和但丁

蒂姆·波顿在1988年执导的影片《甲壳虫汁》中多处创新性地引用但丁笔下的《地狱》。波顿经常从古典文化和大众文化中引用

图 5　蒂姆·波顿所执导《甲壳虫汁》场景

素材，以古怪离奇的执导风格闻名，因此，难怪他会在影片中大量使用失真和模仿等。《甲壳虫汁》大量引用但丁在《地狱》中对不同罪行及其惩罚的处理。亚历克·鲍德温和吉娜·戴维斯扮演的麦特兰夫妇在车祸中丧生，但他们还是留恋自己在人世的房屋，因此请来迈克尔·基顿扮演的驱魔师帮助夺回他们的房屋。然而两人与驱魔师产生分歧，并反目成仇。被派来帮助麦特兰夫妇的过世事务工作者朱诺用假冒“地狱之屋”的妓院转移了驱魔师的注意力，这家妓院用火焰装饰，打着“女人、女人、女人”的广告以及安装有空调的噱头。我们从中可以感受到波顿笔下的幽默：性感的舞者在阳台上呼喊驱魔者，色情的驱使变成了地狱的标志。

这部电影隐晦地涉及后世生活，如果说但丁想象的地狱是以中世纪逻辑为基础，有条不紊地将犯罪者分布在地狱各个角落，并根据罪行施加不同刑罚，那么波顿的电影中的地狱则展现了现代官僚主义最败坏的一面。《甲壳虫汁》中的灵魂永远在无止境地等待过世事务工作者来帮助解决问题，官员们态度傲慢，不可一世；办公室杂乱无章；求助者大多数时间都在等候，而官员们最终给出的建议毫无意义。波顿的电影主题多是讽刺现代生活令人感到荒谬怪诞的一面，然而《甲壳虫汁》使我们对所处的官僚主义噩梦的反省起到了一定作用。其中也有“一报还一报”的理念，然而这种惩罚不是立竿见影，而是被延伸到20世纪的日常生活中去。这部电影引人发笑，然而观众嘲笑的却是他们自己。

大卫·芬奇1995年拍摄的《七宗罪》则远远不止于此，对于波顿来说，但丁为《甲壳虫汁》提供了较为细枝末节的灵感——可怕的妓院以及关于后世生活官僚主义特征更为开阔的讨论视角。芬奇则更加刻意地将《地狱》中的故事串联成《七宗罪》的主要情节。

《七宗罪》较为直接地引用但丁《地狱》，警官威廉·萨默塞特（摩根·弗里曼饰演）在调查多起恶性杀人案时发现几起谋杀案遵照了中世纪七宗不可饶恕的罪行。于是他来到纽约公共图书馆查询相关资料——他在营业时间之外的昏暗灯光中来到纽约公共图书馆，这构成了最大的悬念。但丁在芬奇笔下已经初见雏形，当镜头掠过几本书籍，芬奇充分利用了古斯塔夫·多雷给《地狱》配的图解，尤其是第28首中出现的犯分裂罪者所在的屠宰场。但丁的史诗（从《地狱》第28首到29首）多次出现，虽然已剥离诗中的情境，但是也蕴含着极其丰富的震慑力。

在《七宗罪》中，但丁的作品并不仅仅只为杀人犯的暴行提供蓝图，还给警官威廉·萨默塞特以及他的新搭档大卫·密尔斯（布拉德·皮特饰演）之间的关系提供了依据。熟悉《地狱》的观众会自然地将年纪更长、更富智慧的萨默塞特与给予年轻但丁指导的维吉尔联系起来。然而，《七宗罪》还对这些原材料进行加工，使观众大吃一惊。杀人犯约翰·杜（凯文·史派西饰演）没有盲目模仿《地狱》中的惩罚措施，他似乎更被“一报还一报”的理念所吸引，约翰·杜从内部消化了但丁创作的地狱世界，想象出新的惩罚方式以教化、震惊观众。《七宗罪》中的维吉尔和但丁同样需要从救赎之旅中急转弯。

电影开场就刻画出一个嘈杂、腐败、笼罩在大雨下的地狱般的城市，萨默塞特警官正像往常一样处理案情：家庭争端以一方开枪结束，遇难者的鲜血喷射在墙壁上。电影中的场面对观众来说十分惊悚，可是萨默塞特早已习惯并且淡然处之。相反，约翰·杜犯下的第一场谋杀案既可怕，又富有暗示意味。这一画面十分生动，几乎媲美多雷笔下的画作。一个蟑螂滋生的肮脏公寓里，一名全裸的极度肥胖的男子僵死在那里，他的脸深埋在他面前装满意大利面的碗中。这让人立即联想到贪食者与贪食罪，以及相应的后果和惩罚。萨默塞特抽离出犯罪场景，开始想象案发时现场的状况，舞台瞬间变得有趣。杜将受害者手脚都用电线捆起来，逼迫他不停吃东西，直到呕吐。受害者被逼迫进食长达十二小时以上，他周期性地呕吐，胃和指肠都已经极度拉伸、膨胀。犯罪细节甚至延伸到意大利面酱罐都被艺术地摆放整齐，让人联想到安迪·沃霍尔的作品。

我们接下来将这个画面与《地狱》第6首贪食者恰科进行一番比较，此处“一报还一报”的理念非常模糊：

> 我已身处地狱第三层，那可憎的、冰冷的暴雨不停地下着；雨量和程度一成不变。还有大颗的冰雹、黑水和雪花从浓黑的天空倾泻而下；溅落在地上，发出恶臭。（《地狱》6.7—12）

犯贪食罪者被肮脏的污秽笼罩，残酷的三头怪兽刻耳柏洛斯在旁吠叫，他们失去了个性和尊严，转变成为野兽。约翰·杜并没有机械照搬但丁对他们的惩罚，他在日记中如实记录将如何惩治贪食者，这也使得但丁的影子在《七宗罪》中有文字可循。杜展现出一种扭曲的天赋，他学习但丁但又创新出属于自己的特质。

事实上，观众也许会发现杜在尝试与但丁一决高下——他受到但丁的启迪，但是有时候也试图战胜他。正如他对萨默塞特和密尔斯所说的那样，“让犯罪的人自食其果”，他遵循的是但丁“一报还一报”的原则。当但丁从地狱进入炼狱后，他刻画的场景更加黑暗、更加讽刺。杜对懒惰者的惩罚也更加狂妄、更加夸张。他在上一个犯罪现场留下的线索使警察以为他已经锁定目标，当了解到杀人犯约翰·杜的背景之后，剧情更具张力：他有一个不幸的童年，吸毒，还持械抢劫，随后被定罪，在监狱中有试图强奸未成年人的历史。警车、特种武器和战术部队抵达之后却仅仅发现另一个受害者遇难。约翰·杜甚至在墙上留下“懒惰罪”的字样。

约翰·杜再次背离但丁的先例，留下了更为文字化的“一报还一报”。我们在但丁《炼狱》第 18 首见到的懒惰者不得不无休止地奔跑，同时大喊着鼓励彼此继续前进。他们在人世间缺乏热情，在炼狱中不得不疯狂地追求美德。这些懒惰者在接受惩罚时还抱有希望，希望终有一日能够从这种刑罚中解脱。杜对但丁作品做出部分改编以表达他对现代社会的厌恶，与但丁催促懒惰者改变懒惰习惯不同，杜更加残酷地将焦点放在对他们的惩罚上。他认真记录下受害者的痛苦，拍下照片记录，延伸他的痛苦，并用抗生素和药品延缓他死亡的速度以加剧痛苦。

《七宗罪》呼应和改编了但丁“一报还一报”的理念。这部电影借用了维吉尔和但丁的关系，然而却又完全颠覆了这种关系。此处用典虽然松散，却又无处不在。萨默塞特引导密尔斯走进腐败和犯罪的黑暗世界，这一点从他们发现犯邪淫罪的受害者时可以看出来。萨默塞特和密尔斯为了调查案情，来到一个满是镁光灯和黑暗角落的妓院，那里经常发生暴力事件。萨默塞特走在前面，而密尔斯则处于不太受欢迎的次要地位，他们不仅仅仔细观察了约翰·杜铺设的犯罪现场，还采访了这个地下世界的常客们——案发时妓院的负责人和被杜强迫杀害受害人的顾客。这些谈话，尤其是客人扭曲的自白，让观众回想起但丁和维吉尔在地狱中听闻的可怕故事。

《七宗罪》对引用但丁《地狱》的部分进行诸多改编，例如，电影中有一个贝阿特丽切式的人物，她就是密尔斯的妻子翠茜·密尔斯（格温妮斯·帕特洛饰演）。尽管她纯真的个性在后期有些许变化，但是仍然给这个噩梦般的城市中带来少有的积极向上的元素。正如贝阿特丽切使得维吉尔和但丁会面一样，翠茜也为萨默塞特和密尔斯安排了晚餐化解他们之间的敌对。她在怀孕之后担心在这种备受威胁的环境中如何抚养这个孩子，然而她孕育的新生命仍然象征着给这个世界提供另一种可能。《七宗罪》最终背离了观众所熟知的朝着贝阿特丽切所在的天堂努力的朝圣之旅。因此，尽管翠茜并不代表七宗罪，但是她最终成为杜手下的受害者之一。她的遇害加速了杜完成杀人计划的步伐，也打破了之前他留下的静止犯罪场景的片段，在影片末尾给观众带来强烈的视觉冲击。密尔斯在得知妻子被杀害后化身为愤怒者的代表，最终一怒之下杀死了嫉妒者约翰·杜。

无论如何，朝圣者但丁都只能算是一个参观地狱的观众，尽管他不时受到地狱魔鬼的威胁，或走过去惩罚某些犯罪者，但他还是沿着预先设定的救赎路线一步步前进。杀人犯约翰·杜既依赖但丁的史诗，也不完全照搬其中的细节，这使得《七宗罪》极为阴郁地记述了人类境况。但丁史诗中矛盾地说向下的路也是向上，对于密尔斯而言，世界上没有远离腐败和这座腐化城市的路。在《地狱》的结尾处，但丁和维吉尔向上走去，最终再次见到了让人充满希望的星星。芬奇的电影《七宗罪》则是以密布着交叉高压电线的灰暗的天空和密尔斯杀死约翰·杜告终。

《七宗罪》中引用但丁的部分不言而喻，有两个例子可以充分说明这一点。萨默塞特在图书馆的场景中有一个关于多雷《地狱》第28首插图的长镜头，图中画的是一个犯罪者正提着自己被砍下的头颅。此处被砍下的头颅与《七宗罪》中密尔斯的妻子被砍下头颅的画面相呼应，我们能够看到萨默塞特打开装有翠茜头颅的袋子时复杂而惊恐的表情。《七宗罪》中对但丁《地狱》的引用和改编效果十分惊人。对但丁的敬意变成了对惊悚效果的无止境追求。芬奇在《七宗罪》中表现出对但丁的态度并不总是尊敬，例如密尔斯轻蔑地把但丁作品扔在一旁。他也感谢下属提供《地狱》目录，随后在与萨默塞特对话中很好地利用这份目录说服对方。在《七宗罪》中，无论各个角色对但丁持有的是尊敬还是无礼的态度，但丁似乎总是无处不在。

《七宗罪》和《甲壳虫汁》都专注于《地狱》本身，这部史诗的特点，例如但丁“一报还一报”的理念以及朝圣者但丁与世人但丁之间的关系，构成了后世艺术家尊敬和对其进行改编的基础。然而，像但丁史诗这样含义丰富的作品在文化的历史长河中极具生命力：随着时间的推移，超越其自身形式和主题的意义。伟大的艺术作品既是艺术技巧和创意的宝库，也是屡试不爽的试金石。后世艺术家和读者们对它们多加垂青，并从中抽炼出某种标准。读者和观众会针对艺术作品在当下产生的意义进行思考，然而他们也会从中抽离，站在更为宏观的角度思考这些作品在更大的文化环境中会产生何种意义。

我们在雷德利·斯科特于 2001 年执导的《沉默的羔羊 2：汉尼拔》中也可以感受到这一点。杀人狂魔汉尼拔博士（安东尼·霍普金斯饰）再次回归，和情报局特工克拉丽斯·史达琳（朱丽安·摩尔饰）玩起了猫捉老鼠的游戏。在乔纳森·戴米执导的《沉默的羔羊》（1991）中，汉尼拔对古典文化的狂热追求已经可见一斑，他在巴赫《哥德堡变奏曲》的背景音乐中杀害并肢解两名警员，随后潜逃出狱。两名警员遇害的场景震慑力极强，汉尼拔杀害其中一名警员的场景极具艺术性，他在沉思中打开录音机播放巴赫的舞曲片段，当音乐节拍发生变化时，他以迅雷不及掩耳之势用手铐铐住一位警员，随即用木棍击打另一名警察。将两人杀害之后，随着音乐渐缓，汉尼拔用手轻轻地盖在录音机的扬声器上，就好像在空气中抚摸巴赫的音乐一样。我们不得不注意到被害警员的尸体，他被高高挂起，挡住了直射进来的阳光，随后到达现场的警察们一眼就会发现。这种震慑力部分归因于遇害警察尸体让人联想到画家弗朗西斯·培根让人感到扭曲和破碎感的画作（这些画作记录人们的生活就是地狱般的惩罚）。汉尼拔博士精神错乱，但是他的审美趣味在赏析和创作中都得以体现。

《沉默的羔羊 2：汉尼拔》加深了艺术家和犯罪者品位之间的联系，但丁在此处变成了汉尼拔的试金石，在电影开始之初，他试图在佛罗伦萨找到演讲但丁诗歌的工作。与《甲壳虫汁》相比，《沉默的羔羊 2：汉尼拔》对但丁的引用相对模糊，然而效果斐然。汉尼拔曾就《地狱》第 13 首做过精彩演讲，他的谋杀总会带有惩罚性，正如《沉默的羔羊》结尾处，汉尼拔给克拉丽斯电话中说他“正在和一位老朋友吃饭”。这里的老朋友指的就是汉尼拔在监狱中的精神病医生。他是一个吝啬、自私的自恋狂，汉尼拔决定把他杀了，随后吃掉他的尸体。《沉默的羔羊 2：汉尼拔》中很多谋杀都是出于但丁“一报还一报”的原则（汉尼拔鼓励加里·奥德曼饰演的自我厌恶的亚当从脸上割下肉，然后汉尼拔将其喂狗；汉尼拔细致入微地拿汤勺喂雷·利奥塔饰演的保罗·克伦德勒吃他自己的脑子）。汉尼拔不仅效仿但丁，还试图与其一较高下。他认为自己与但丁志同道合，但丁能够理解他的所作所为，并且能够欣赏他惩治恶人的勇敢作为。这也就难怪汉尼拔会逃离到但丁的家乡佛罗伦萨。

拥护与犯罪：马修·珀尔的《但丁俱乐部》

如果说汉尼拔或《沉默的羔羊 2：汉尼拔》这部电影含蓄地影射了现代世界与但丁的相关性，那么马修·珀尔的热销小说《但丁俱乐部》则较为直接地表达了这一点。这部小说于美国内战结束不久之后问世，重铸了哈佛大学教授和波士顿文学大家业余侦探的形象，其中包括奥利弗·温德尔·霍姆斯、詹姆斯·拉塞尔·洛威尔和乔治·华盛顿·格林以及菲尔兹。他们为了神圣的文学理想，也就是让亨利·沃兹沃斯·朗费罗翻译并且在美国出版但丁的史诗作品《神曲》而组建了“但丁俱乐部”。

《但丁俱乐部》的情节是基于地狱惩罚为范例的一系列谋杀事件，主人公本杰明·高尔文是一名北方军退役老兵，他在战争期间亲眼目睹诸多暴力行为并且深受其扰。当他退役回乡之后却发现这场代价惨重的战争并未改变人们的生活，于是内心认为世界充满了不正义。他在一次士兵救助之家的活动中偶然听到但丁俱乐部成员之一乔治·华盛顿·格林关于但丁史诗的演讲，深深地被但丁本人与他的相似经历触动。这个心灵受到创伤的老兵发现但丁“一报还一报”的理念充满了正义和公平。

老兵本杰明挑战但丁的心态与但丁俱乐部成员试图使《神曲》扬名美国的愿望有异曲同工之妙。《神曲》翻译遭到了哈佛大学保守派的强烈反对，其主要声音是哈佛大学官方代言人曼宁。他们雇佣私家侦探调查但丁俱乐部成员的日常活动，引诱他们停止在美国继续翻译和出版《神曲》，甚至贿赂当地牧师谴责他们的翻译活动，此外还威胁出版《神曲》译本的出版社。曼宁尤其厌恶但丁史诗，这一文化背景使得珀尔能够广泛地评论但丁史诗的价值。

《但丁俱乐部》这本小说结构极具独创性，它既有畅销小说的犯罪，也试图在更加广泛的读者群中推广文学杰作。《但丁俱乐部》的创作初衷部分出于对但丁的尊敬，也有一部分原因在于重现《神曲》中令人印象深刻的惩罚措施，它代表了文学界充满趣味性和学术性的古典文化。

让我们首先分析这部作品的趣味性，珀尔将作品分为三个部分，这让人回想起但丁的三部曲：《地狱》《炼狱》和《天堂》。但丁给《神曲》构造了一个极其精细、整洁的结构（每一部包括 33 首和一个序言，共计 100 个组成部分）。珀尔将每一部分分为十个章节，这种整洁的结构让人自然联想到但丁笔下井然有序的《神曲》。

《但丁俱乐部》中包含大量对但丁笔下地狱中惩罚措施的改编性谋杀案件，其中第一起谋杀事件是由被害大法官的女仆发现，她跟随地上的血迹发现了被蝇蛆吞噬的尸体，随即发现的案发现场让人毛骨悚然：

她还是忍不住要看个仔细：那是一具裸尸，背部很宽，微微有点驼，雪白肥硕的屁股连着两条短得跟整个躯体不相称的腿，一左一右叉开着，上面爬满了不断蠕动的豆子形状的白蛆……

这一场景令人悚然，也会在读者中引起但丁式的共鸣，杀手在遇害者尸体旁边的“垃圾堆插上一面破烂的白色旗子”，使人紧紧联想到《神曲》。随后读者得知杀手本杰明认为大法官没能保护但丁俱乐部成员翻译《神曲》的努力不受哈佛大学保守派的反对，因此给他定罪为中立派，“生前不曾受到称赞，也未留下骂名的凄惨灵魂”（《地狱》3.35—36）。但丁“一报还一报”的理念在此处极具暗示性：中立者在人世中无法独立做出选择和判断，因此在地狱里就不得不永远成群结队追着旗子奔跑。此外，无论他们在人世间多么迟钝，死后都会受到无尽的折磨：

这些从来没有真正活过的可怜虫如今都赤身裸体，在这里被牛虻和黄蜂蛰来蛰去。他们一个个血流满面，而鲜血混合着泪水滴落到脚面，又被可恶的蛆虫吸吮。（《地狱》3.64—69）

正如但丁在《地狱》第25首中试图与奥维德就描写变形一较高下，或济慈试图用拉弥亚的变形击败但丁一样，珀尔也在努力超越但丁。《但丁俱乐部》以但丁史诗为基础，同时也加入了很多其他历史信息。杀手本杰明从他在战场上获得的一手资料得知世界上有一种吃生肉的蝇蛆，于是为了这次特殊的惩罚引入了这种生物。

本杰明在杀害第二个遇难者教区牧师以利沙·塔尔波特时再次将自己的经验与但丁史诗内容联系起来。在得知塔尔波特想要接受贿赂并在发布会上攻击朗费罗翻译《神曲》之后，本杰明依照但丁对买卖圣职罪的惩罚作为自己行动的模板。但丁在《地狱》第19首中描述买卖圣职罪者受到的惩罚让人印象深刻。他们被倒栽在岩石的深洞里，唯一能看到的腿和脚有烈火灼烧。他们因为痛苦而手舞足蹈，就像在跳让人备受屈辱的舞蹈。珀尔笔下的杀手在教堂地下室中将塔尔波特用棍棒击晕，然后把他倒栽活埋在事先挖好的坑里，用煤油把他的脚和腿都点上火，直到他的肉被烧得脱离骨头为止。

珀尔此处遵循的“一报还一报”原则比惩罚本身更加有趣，我们得知教区牧师塔尔波特不仅反对朗费罗翻译《神曲》，同时还利用公职谋取私利。无论他表面上多么热心、正直，他在三十年前自愿帮助招募铁路工人，以教会名义许诺他们工作。而当这些工人死于过劳和疾病之后，塔尔波特迅速撤离，同时私吞了之前得到的酬劳。珀尔在总体上遵循但丁“一报还一报”的原则，只不过惩处的对象由但丁笔下托斯卡纳犯罪者变成了美国教区牧师塔尔波特。

珀尔借鉴但丁的惩罚措施，在推动故事情节向前发展的同时也具有一定的教育意义。《但丁俱乐部》试图成为引人入胜、令人爱不释手的畅销书，然而珀尔有时效仿的并不仅是但丁笔下有趣的反叛行为。正如读者在这样一本将历史与现实紧密结合起来的小说中所期盼的，但丁俱乐部成员们一直都在致力于向偶像但丁致敬。

这些敬意部分原因在于呼吁人们重视公共利益，正如洛威尔期望《神曲》译本出版将会“把但丁介绍给美国”。在抵制哈佛大学管理者反对研究《神曲》价值时，洛威尔进一步解释了这部史诗对一个国家的意义：

我们应该任由英国占领我们的书架吗？我们为什么不把莱克星顿市让给英国，避免战争呢？……直到美国人民懂得文学并不是一种娱乐，也不是大学课堂需要背诵的打油诗，而是一种人性化的高尚力量。我敬爱的校长，她并不能够使一个民族成为一个国家，使得一个国家由一个名字成为一个政权。（《但丁俱乐部》第 31 页）

此处的问题在于美国是从希腊、罗马古典文化中习得文学传统（正如曼宁所坚持的），还是从英国文学传统，或者说但丁作品中追根溯源。洛威尔提出的问题比他此处的辩论更加具体，在与霍姆斯的争论中，他再次提出对于美国这样一个正处于战后寻找新秩序的国家来说，但丁的作品最为合适不过。

但丁的地狱是阴间的一部分，也是我们这个世界的一部分。我们不应该躲避，”洛威尔说，“而应该面对。我们今生要经常探测地狱的深度。（《但丁俱乐部》第 43 页）

但丁参加过分裂的国内战争，他坚持揭露而不是掩盖事实，对于洛威尔而言，这正是美国国内战争之后的情况。就像其他但丁俱乐部的成员一样，洛威尔带有强烈的使命感。

起初，诸如此类推崇但丁作品的事情就像小插曲一样，并未在美国引起太多波澜。然而珀尔将但丁俱乐部的热情同杀手本杰明·高尔文的心理状态联系起来，对战后波士顿道德缺失，高尔文在他对但丁的理想化中找到了契合点：

> 高尔文想不通人们为什么要打仗，这和他们的理想相去甚远。奴隶得到了解放，可敌人依然故我——没有受到惩罚。高尔文不懂政治，可他知道，不管是不是奴隶，黑人在南方都不会有安宁日子过。他也懂得了那些不曾为这场战争战斗过的人所不懂得的：敌人无时不在、无处不在，他们根本就没有投降；而且，敌人从来就不是只有南方人，根本不是。（《但丁俱乐部》第343页）

洛威尔与受创老兵本杰明·高尔文之间的共同之处就在于但丁。为了防止读者误认为高尔文效仿但丁的行为仅仅出于个人经历，《但丁俱乐部》作者珀尔提醒读者，但丁俱乐部成员对但丁的崇敬也并不只在于进行学者们平和的思考而已。朗费罗在妻子去世之后就开始翻译《神曲》；而对于洛威尔而言，尽管幸福地再婚，他仍然在日记中称第一任妻子为“我的贝阿特丽切”。

本杰明的谋杀行为将他的个人情感与公共利益紧密联系起来，他批判希利对翻译但丁《神曲》保持中立，同时小说中其他人物还注意到希利对《1850年逃奴追缉法案》同样未表明态度。这一法案要求北方各州把南方逃走的奴隶返还给他们所谓的主人。高尔文谋杀希利的部分原因在于他疯狂的精神状态，同时这部小说还点明希利也许被认为是但丁笔下主要的保持中立者克莱门特五世的同伙。克莱门特五世曾经做出过让但丁深恶痛绝的“拒绝”。同样，高尔文认为塔尔波特接受贿赂，攻击《神曲》翻译，犯了买卖圣职罪，于是将其杀害。然而，《但丁俱乐部》指出牧师塔尔波特利用职务腐败犯罪的行为不为本杰明所知，他做出的判断却极其恰当，这一决策的英明之处几近超越了实施谋杀行为的本杰明能力范围之外。

多雷与改编：伯克和桑德斯的《地狱》

这些大众通俗文化作品致力于挖掘但丁地狱之旅的某一方面，每一个例子都从更为拔高的视角折射出人类腐败的问题。约翰·杜在《七宗罪》中，以及高尔文在《但丁俱乐部》中对世界黑暗视角反映的不仅仅是一般的，而是更具表现力和判断力的暴力行为。但丁史诗激励他们让自己对世界的独特看法得以呈现。在艾略特的诗中，地狱就是地球；我们需要做的是仔细观察。正如洛威尔所说，我们需要的是面对地球上的地狱的愿望与勇气。这条规则同样适用于《甲壳虫汁》和《沉默的羔羊 2：汉尼拔》，波顿所展现的官僚主义横行的地狱正是人们日常生活的延伸，汉尼拔在但丁“一报还一报”的理念中得到启示，找到了自己尖刻的审美智慧的契合点。但丁的经历不断激发后世人类更新对这个世界的看法。

换句话说，以上的每一次改编都重新创造了《神曲》，在这儿我们不得不解释一下“创造”这个词汇。“创造”（invention）在拉丁语中是一个奇怪的词汇，由“in”（到达，或者在里面）和“venire”（来或者到达）组合构成，字面意思是发现或者遇见，但是它也用来比喻创造或者发明。大众文学作品改编《神曲》时强调的是日常生活的地狱性，以及地球上不为人知的地狱。读者在诸如此类的作品中突然发现之前存在的东西突然消失。然而，在改编但丁的其他作品中，焦点落在“创造”的另一个意思上，也就是让读者用创造性和想象性的方式看世界。换句话说，与但丁相比，高尔文或者汉尼拔的行为在形式上夸张，而内容上反映出来的信息则更加片面。他们通过一系列浮夸、过分的谋杀行为使得观众发现地球上存在的地狱。然而矛盾的是，其中传递的信息却缩减了：世界变得更加严酷，更加苛刻，更加重复。整个世界黑暗的一面过度凸显。

但丁史诗却不止于反映世界黑暗的一面，他在《地狱》开头不仅提到即将面临的灾难，也提到了“在那里发现好的事物”；他在《神曲》结尾处安排抵达天堂告终。在《天堂》第25首中，但丁批判敌人，甚至是某些厌恶的城市时，都会以想象返回佛罗伦萨的美好愿望结尾，他在那里会戴上“花冠”，得到众人的认可。本章将以讨论但丁作品这一方面的特点结束。即便如此，我们不得不承认在之前的某些例子中列举的古典和通俗文学对但丁史诗的引用欠妥。

桑多·伯克与马库斯·桑德斯合作翻译的插图版《地狱》于2004年出版，这个译本起初看来似乎不仅仅纠结于忠实翻译还是改编原版《神曲》，也在崇敬风格与模仿风格之间徘徊。这本书给《神曲》带来了一版新的翻译，同时还给每一章节配上两张精细的插图：其中一幅配在前言部分，另一幅则针对但丁史诗内容。苛刻的读者也许会认为伯克将但丁地狱之旅放在现代洛杉矶的构思(将地狱之门设置在高速公路上）对但丁不够尊重。其他读者也许会争论文中所配的涂鸦艺术式插图不符合但丁这样一位文化偶像的身份。这两种反映都有合理的一面，但是同时也都比较片面。伯克的插图译本意在将古典文化与通俗文化想结合，正如所有优秀改编作品一样，他试图让读者对原版《神曲》有全新的理解和欣赏。

伯克和桑德斯称他们的译本是一次“改编”，其中反映很多街头文化。让我们审视他们两人如何描写但丁与守卫地狱的三头怪兽刻耳柏洛斯相遇的场景，原版在描述这一场景时比较粗糙：

> 如同一条狂吠求食的饿狗，只有咬住食物后，才会

图 6　桑多·伯克绘《地狱之门前的但丁》，洛杉矶克普林·德里奥画廊供图

安静下来，因为它只顾拼命把食物吞下去，恶魔刻耳柏洛斯此刻也是这样安静下来，但他仍在朝着灵魂们怒吼，吵得他们宁愿变成聋子。（《地狱》6.28—33）

这一幕就是艾略特所定义的“强烈的视觉意象”，描写了朴素、平实的日常生活，而伯克和桑德斯则对其进行了改编：

像疯狂的瘾君子一样急切盼望，他得到第一缕青烟后立即平静下来。刻耳柏洛斯狂吠的嘴脸闻着泥浆，疯狂舔舐以至于没有注意到任何东西。（《地狱》6.29—34）

但丁创作史诗时加入了现实主义元素，使得以史诗标准阅读《神曲》的读者非常震惊，然而它对于现代读者而言又缺乏些许血肉。与但丁相比，伯克和桑德斯给《地狱》加入嘻哈元素，改变了《地狱》中的意象，同时力图保证重建原文的效果。他们两人对于《地狱》的夸张改编既离不开原文，也是对但丁史诗的一种评价。我们因此明白无论但丁笔下的现实主义技巧对于今天的读者来说有多熟悉，它在当时都是一个伟大的革新。例如文中对刻耳柏洛斯的改编既忠于原文，也对其进行了适当修饰。

伯克给《地狱》所配的插图显然经过深思熟虑，同时又具有丰富的生命力。让我们首先审视一下伯克配图时遵循的传统，他借鉴了古斯塔夫·多雷于1861年为《地狱》所配的精美手绘插图。多雷的插画汇集了米开朗基罗式风格、北欧崇高的风景作画风格以及流行文化元素，大约有两百个版本之多。这部图文并茂的作品对读者想象地狱地貌产生很大影响。伯克不仅借鉴了多雷版本中的很多传统元素，例如图6和图7，还涉及了很多流行文化元素。多雷和伯克都试图征服一大批观众，然而两人都没有被局限性的美学品味所累。

伯克的想象力有强大的吸引力，正如图6所展示的一样，其中涉及很多人们熟悉的路标等都市生活元素，给但丁朝圣之旅增添诙谐的一面。冥府门前的“禁止后退/此路不通”路标巧妙地营造了一种警示的氛围：“进来的人首先放弃希望”；“更底层有更

图 7 古斯塔夫·多雷绘《地狱之门》，康奈尔大学图书馆珍稀手稿收藏部供图

多位置”的友情建议提醒了读者地狱之大。这幅场景的丑陋和凌乱——成堆的垃圾、绞作一团的电话线，以及街头涂鸦——使得读者自觉将其与地狱形成类比。正如艾略特在地狱中看到成群的人穿过伦敦桥，伯克想象地狱位于荒无人烟的高速公路上。

这种策略在改编但丁史诗的作品中很常见，伯克在每首诗的插图中做出了很多改变。然而，其他的美术作品（为了达到更准确的效果，我们在后文将称其为可视化内容）则不那么明显地贴近原文。事实上，他们似乎形成了另一种顺序，以艾略特想象的“不现实的城市”出发，然而逐渐超越这个功能。伯克增添了很多杂乱的插曲：被遗弃的购物车、空空如也的婴儿车、打过标签的垃圾、停车计时器、自助洗衣店、一顿大餐、快餐店破败的餐桌等。与诗中纲领性、全景性的插图不同，这些物品或安排完全脱离语境，强迫读者将注意力放在这些物品上。

让我们首先观察一下第 1 首诗出现的可视化内容，一辆废弃的购物车倒在无人看守的停车场，这显然与《地狱》开篇诗句或者说第 1 首诗毫无关系。这幅画的细节——四处散落的水果和一些杂草——是多余的，为何将购物车引入这幅画的背景不得而知。因此，此处的焦点就在于这些物品本身带来的荒芜感。事实上，它们与但丁诗歌的唯一联系就是“第 1 首”的字样。

如果说这些视觉内容与诗歌内容无关，那么在伯克版本《地狱》中出现的其他图画则不尽然如此。读者仔细观察第 1 首诗中的购物车与另一幅插图，我们就会发现其中不同。伯克审视了第 1 首的开篇诗句，著名的“我走过我们人生的一半旅程，却发现我身陷一片昏暗的森林，因为我迷失了正路”（《地狱》1.1—3），

图 8　桑多·伯克绘《地狱》第 1 首标题页插图，洛杉矶克普林·德里奥画廊供图

图9　桑多·伯克绘《在野的但丁》，洛杉矶克普林·德里奥画廊供图

并用详细的细节描绘了这一场景。正如但丁给史诗加上了一个特定的地点，一再将地狱描绘成他所知的世界，伯克也是如此，给地狱加上了一个都市的大背景。这种译文带有的情感十分讽刺，诅咒之城变成了天使之城洛杉矶。朝圣者但丁发现自己迷失在都市的高楼大厦，而不是诗人但丁笔下的森林。肮脏的后街小巷使他迷失“正路”。伯克和桑德拉的译本利用了但丁这一转化中的幽默“因为我迷失了正路”在这里变成了但丁承认的“我认为我走

错了几条路”。

因此伯克译本中一系列插图和内容起到同等作用，为人们所熟悉。伯克效仿庞德和艾略特等传统诗人，把地狱放在地球的洛杉矶。在这种解读下，地狱跃然地球之上，如果读者有足够的洞察力，就会以这种方式解读但丁史诗。正如朝圣之旅改变了朝圣者但丁，这部史诗的经历也改变了读者的传统习惯，使他们更加深入地了解这个世界。伯克编著的插图版《地狱》仍待挖掘，他的绘画成为了达到目的的方法和手段，使读者不再带有偏见和预先判断性来观察世界。伯克的都市风景一般是丑陋、荒芜的地方，这些细节使得我们更加模糊地观察世界。前文出现的倒地的购物车可能是地球上地狱的一部分。然而，这一点也达成了一种艺术效果：一个杂乱无章的都市场景变成了孤立、分离的场景，也因此变得有趣。此处甚至还包括但丁声称的在地狱中发现的美好的

图 10　桑多·伯克绘《喷漆罐》，洛杉矶克普林·德里奥画廊供图

东西。

伯克的立场非常复杂，他极尽街头艺术的活力与创造力，细致入微地勾勒了街头风景。实际上，他的作品在一定程度上借鉴了多雷版本的插图，伯克版本的《地狱》再次引起了人们对多雷给《地狱》所配插图的注意力。伯克折中的改编添加了很多流行文化元素，这让我们想到但丁为自己的史诗想象了一大批观众。他是用地方话而不是拉丁语书写史诗，在抽象的哲学教义、分析人物特点、犯罪者痛苦忏悔之间自由转换。最具说服力的是，但丁史诗在他和其他诗人为内行读者创作的“甜美的新诗”体与来源于街头文化的较为粗糙的语言风格之间转换。伯克的《地狱》包含古典和通俗文化，他坚称读者应回归但丁史诗本身欣赏他特有的混合风格。

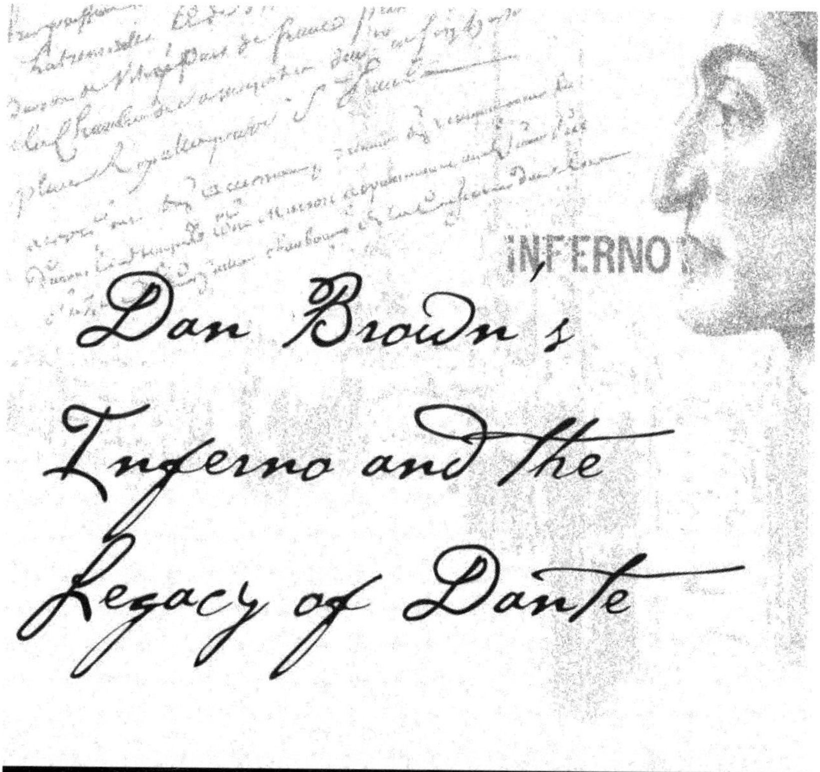

第八章

丹·布朗的《地狱》与但丁作品

当阅读丹·布朗的《地狱》时，读者也许会顾虑是否有必要先了解但丁的史诗《地狱》，这样的顾虑显然是幼稚的——阅读一本受欢迎的书只要了解这本书本身就可以了。数以百万计的读者对莱昂纳多知之甚少，但是他们也都顺利完成《达·芬奇密码》的探险之旅。丹·布朗特有的创作技巧之一就在于能够用充满影射的方式呈现专家已知的事实。尽管如此，这个问题仍然是一个好问题，它证明了提问者想要的不仅仅是单纯的感觉效果。这个问题在顾及书中悬念和阅读快乐的同时让我们仔细思考好奇心如何能够从最大范围上改变我们阅读和享受文学作品的方式。

这个问题的答案有两个，读者可能是为了享受被布朗设下的神秘事件和谜团吸引，随即慢慢解开这些谜团的满足感。他们可以随着剧情发展静待谜团解开，也可以积极主动地探索谜团。对这样一本适用于不同解读方式的作品而言，用第二种阅读方式的读者也许收获更多。我们假定读者不仅想要了解更多关于但丁史诗的信息，也想要了解其他作家对于《神曲》的改编，无论这种改编是古典的还是通俗的。因此，读者能够带着全新的喜悦阅读丹·布朗的作品，带给他们喜悦的不仅包括丹·布朗如何改编《神曲》，还包括它如何鼓励我们针对《神曲》思考更多。原因在于每一次改编，甚至是模仿，都是在对这些早前伟大作品表达敬意。

然而，我们能做的不仅仅只有推断但丁的史诗会对阅读丹·布朗的《地狱》产生何种影响。今年春天，《地狱》的剧透包含这部小说的两个部分："序言"和第 1 章。其中序言是以佐布里斯特的口吻讲述，他称自己为"幽灵"。序言主要讲述的是主人公在现代佛罗伦萨的朝圣之旅，从亚诺河到"幽灵"跳下巴迪亚塔尖的历程。在第 1 章中，受伤的罗伯特·兰登苏醒过来之后发现自己竟然身在佛罗伦萨的一家医院。随后出现了一个女性人物，她跳下摩托车时紧盯着兰登所在医院的窗户。这一部分节选还包括这部小说批判"道德败坏时代保持中立者"的题词，以及一页名为"真相"的内容，给读者提供了很多启示。

从这篇序言中我们可以看出丹·布朗的《地狱》必然是一本引人入胜、令人爱不释手的书，开篇句"我是一个幽灵"在"真相"篇的背景下非常容易理解，这个幽灵认为他自己穿过了一个但丁式的地狱世界，被困在生与死之间。幽灵的叙述也不断在佛罗伦萨的现实世界（博物馆、街头小贩）与梦幻的痛苦、预言、破坏和迫害之间往复。即使从未阅读过但丁《地狱》的读者都会质疑这个幽灵的话与史诗《地狱》有何关系，尤其是斜体部分的内容。诸如“迷失之城”之类的词汇听起来很古老，同时“被炙热的雨水包裹的贪婪的人们”“浸在粪便中的贪食者”都让人不禁联想到但丁笔下的地狱。我们不需要理解《达·芬奇密码》中塞拉斯胡言乱语中的所有暗示，只需享受其中的欲语还休就足够了。实际上，如果我们曾经读过丹·布朗的其他小说，我们就能确信他的小说会告诉读者所有理解情节需要的信息。

丹·布朗的读者会发现第 1 章开篇处罗伯特·兰登所处的令人惊讶的境遇似曾相识，兰登逐渐恢复意识，然而这个过程中充满了谜团、线索以及对丹·布朗其他小说的调侃，这让读者倍感好奇。随后出现的是幽灵和兰登碎片式地回忆地狱中的典故，其中包括血红色的河流、尸体和痛苦等。兰登的回忆与幽灵的所见似乎融为一体，兰登的脑海中显现出一幅地狱中受诅咒灵魂遭受折磨的画面：“成百上千受诅咒的灵魂痛苦地滚来滚去，以出人意料的方式离奇死亡……有被火烧死的、被埋在粪便里的、有互相咬噬的”。任何一个了解到这部小说叫《地狱》的读者都会对“真相”页中出现的如上画面有所准备，并且幽灵的幻觉也逐渐证实了这些所指。比较熟悉丹·布朗叙事风格的读者明白，应该牢记兰登的回忆——一位蒙面女子站在尸横遍地的被鲜血染红的河岸边。一个谜团，也许是诸多谜团之一已经形成，谜底和下一个谜团即将展开。

读者在阅读了上述内容之后也许会注意到丹·布朗将幽灵和兰登结合起来，尽管出于不同原因，但是两人有同样的经历。即使不熟悉但丁《地狱》的读者也会理解此处的暗示意味。幽灵的叙述以坠入“深渊”结束，根据兰登所说，他在镇静剂发挥作用失去意识之前的最后一刻被拖入了一个“深井”。最终，两人都提及了佛罗伦萨最为著名的建筑韦奇奥宫。幽灵从河边向巴迪亚塔尖移动的时候，经过“锯齿状外形的石头堡垒，只有一支指针寂寞摆动着”，病榻上兰登“吃惊地发现这是一座雄伟的石头堡垒，护墙有垛口；塔楼高达九十多米，塔的顶部向外凸起，形成了一圈巨大的锯齿形城垛”。我们不知道幽灵和兰登之间有何具体联系，但是我们明白这种联系一定与但丁和韦奇奥宫有关。此处结构并不精细，但是它为下一章设下了悬念。这两个部分——不论是作为小说开篇还是预告——都起到了相应的作用。

“剧透”部分透漏出与但丁史诗《地狱》相关的信息，同样值得注意的还有丹·布朗选择的题目“地狱”，以及他在“真相”页中对但丁的暗示等。这本小说题词部分同样可以看出但丁的幽灵：地狱中最黑暗的地方是留给那些身处道德危机时保持中立的人。

熟悉但丁的读者将会在第3首中朝圣者遇见中立者的部分发现相似之处：“生前不曾受到称赞，也未留下骂名的凄惨灵魂。”(《地狱》3.35—36)

这些既无恶名又无美名的灵魂生前保持中立，死后既不能入天堂，也不能下地狱。布朗将中立者放在题词中这样一个重要的位置，使得读者对此仔细思考。题词中暗示到《神曲》，但是又对其进行了修饰。中立者们所处的地狱门厅并不是地狱中最为“黑暗的”地方，尽管但丁明确批判保持中立者卑鄙可耻。题词告诉读者布朗在小说中涉及但丁史诗的部分不会完全忠于原文，而是带有强烈的个人色彩。其次，题词将读者注意力转移到但丁《地狱》中设下的谜团。保持中立者都是无名氏，这也是他们所接收惩罚的一部分。朝圣者但丁着重强调了其中一位："我从中认出几个，随后我瞥见了一个灵魂，他就是那个由于怯懦而放弃重要权位的人。"（《地狱》3.59—60）

关于这个灵魂具体是谁，评论者们争执了很久，大多数人认为这是指塞莱斯廷五世，他在1294年当选为教皇，不久即感到不能胜任，加冕后五个月就宣布退位。但丁认为他"放弃重要权位"是受到了庞尼菲斯八世的怂恿，而后者一直为但丁所不齿。但丁认为庞尼菲斯八世的继位就是个灾难。布朗提到中立者给《地狱》笼罩了几分神秘色彩，而这种神秘效果是以但丁在史诗《地狱》中设下的谜团为基础，可谓是谜团中的谜团。

对于熟悉但丁史诗的读者来说，幽灵在序言中说的第一句话给他们带来了更多可能性：

我是一个幽灵。
穿过痛苦之城，我落荒而逃。
穿过永世凄苦，我远走高飞。（布朗《地狱》第5页）

这几句话在字面上与但丁《地狱》第3首开头相呼应，但丁和导师维吉尔抵达地狱之门，但丁阅读了刻在地狱门楣上的话语：

通过我进入痛苦之城；通过我踏入永劫之苦；通过我融入万劫不复的人群中。（《地狱》3.1—3）

此处布朗呼应了但丁原文，同时又比原文更加确切和具体。"痛苦之城"听起来有一点过时，然而这个词最为贴切地诠释了意大利语"citta dolente"。对于了解但丁叙事风格的读者而言，幽灵的话是他们将其与《地狱》第3首中的但丁相比较。

因为，但丁来到地狱之门时具体位置在哪里呢？他接近阿克戎河，周围充斥了既无恶名也无美名的中立者的无尽叹息、哀悼和痛苦的惨叫。朝圣者但丁靠近阿克戎河时看见了刚刚抵达地狱的灵魂——他们正在等候地狱渡神卡伦将他们渡过河。奇怪的是，史诗《地狱》从未阐明但丁如何渡过阿克戎河：他在河岸上晕倒，醒来时已经到了河对岸。《地狱》第3首末尾处写道："我猝然倒下，犹如一个人昏然入梦。"（《地狱》3.136）

丹·布朗此处并非百分之百引用原文，任何一个好的改编都不应该完全忠于原文，他对其进行了有趣的改编，让幽灵这个人物在序言结束部分跳下了巴迪亚塔尖。此处只有幽灵最后的话语能够使人联想到但丁："我迈出最后一步，踏入无底深渊。"（布朗《地狱》第7页）但丁在第4首中苏醒之后的反应："我发现我在痛苦深渊的边缘。"（《地狱》4.7—8）

幽灵将自己比作但丁，他的地狱之旅是在重走朝圣者但丁的朝圣之旅，然而方式略有不同。兰登——从某种暴力中醒来，随即步入深渊之中（镇静剂起作用）——同样的境地，只是这种类比更加隐晦而已。

让我们接下来研究一下丹·布朗《地狱》的序言和第1章中其他有关但丁的元素，幽灵提到地狱之门所刻的碑文之后，紧跟但丁史诗的描述行事。他穿过喧哗的佛罗伦萨广场，并且提醒自己"所有的犹豫和迟疑都必须抛弃"，这与但丁和维吉尔在地狱之门沉思时维吉尔说的话完全一样。但丁对前方的旅程倍感迷惑和担心，维吉尔试图燃起他的斗志和勇气。幽灵在此处也面临着一个入口，"楼梯下的铁门"，让人不禁将两者进行比较。

事实上，幽灵把自己视为但丁，接下来的序言部分就提到他将自己与但丁的生平相类比。“忘恩负义的土地”让读者联想到但丁曾多次猛烈抨击他的佛罗伦萨同时代人。序言中大量出现但丁描述过的景象：“我挣扎着向上攀爬，眼前的景象触目惊心：淫荡的肉体在火雨中挣扎；贪婪的灵魂在粪水里沉浮；背信弃义的恶徒被固封在撒旦的冰冷之握中。”（布朗《地狱》第5—6页）每一个意象都直指史诗《地狱》，贪婪者在第5首中被狂飙猛烈抽打；贪食者在第6首中遭到刻耳柏洛斯的烦扰，不得不忍受冰冷的雨水；背叛者被困在地狱最后一圈科赛特斯冰湖中，其中一些灵魂被冰封在湖中，只有脖子以上的部分露出湖面，其他的则被魔鬼剥皮吃掉。当幽灵爬上楼梯时，这些令人印象深刻的画面充斥在他的脑海中。了解但丁作品的读者会注意到一些其他的东西。这些引用稍有偏颇，在第15首和第16首中，接受炽烈雨水惩罚的是犯亵渎罪、鸡奸罪和放高利贷罪的灵魂，而没有好色者。贪食者并不是“漂浮”在粪便中，尽管他们忍受的雨水几乎和粪便一样臭。第18首出现的犯阿谀奉承罪者才被浸泡在粪便之中。最后一个意向似乎混淆了背叛者受到的惩罚，其中一些确实被冻在冰湖中，但是三个主要的背叛者（犹大、卡西乌斯和布鲁特斯）并没有被冻在湖中，而是被魔鬼吞噬。

幽灵看到的景象不同于但丁史诗中景象，读者对此提出一些有趣的问题。我们能够将其归咎于作者布朗的错误，然而也可以将其理解成幽灵犯的错误，或者是一个复仇者在人生最后的疯狂时刻对但丁史诗的复制。幽灵站在塔上俯视佛罗伦萨，引用但丁再次出现同样误差：“脚下是那座神佑之城——我一直的避难所，让我躲避放逐我的那些人。”佛罗伦萨放逐但丁数次，因此，尽管他在第19首中感恩地回忆他受洗的教堂，他对佛罗伦萨更多的还是蔑视。他多次抨击这个城市易怒、下流、颓废。幽灵将但丁史诗改编为己用，语言使用上虽发生变化，但是思想上总体忠于原文。幽灵引用但丁的话语无论是在口头表达还是书面标记上都吸引了读者的注意力。

罗伯特·兰登在第 1 章中恢复意识的片段同样提到《地狱》中的典故，正如幽灵提及他看到的景象不完全忠于但丁史诗一样，兰登此处的话语同样如此：

> 兰登朝河里迈出一步，但眼前的河水变得血红，而且深不可渡。兰登抬头再次望向蒙面女子，她脚下的尸体成倍地堆积。现在足有几百人，或许几千；有些还残存一口气，在痛苦地扭动挣扎，承受匪夷所思的死法……被烈焰焚烧、被粪便掩埋，或者相互吞噬。哪怕身在对岸，他仍能听到空中回荡着人类的惨叫。（布朗《地狱》第 9 页）

这一段落以《神曲》为基础，“烈焰焚烧”与诗中多处对应，例如在坟墓中被烈火灼烧的异教徒（第 9 首和第 10 首）；亵渎者、鸡奸犯和高利贷者忍受火雨惩罚（第 15 首和第 16 首）；犯买卖圣职罪者被倒栽在洞里，露在外面的部分忍受烈火焚烧（第十九首）；伪顾问忍受烈火焚烧（第 26 首）。“埋在粪便中”是指阿谀奉承者被浸泡在粪便中（第 18 首）。“互相吞噬”指的是冰湖里的乌格里诺啃噬背叛他的大主教的头颅。稍后出现了一个最为精确的用典：“两条扭动的人腿上下颠倒地从泥里伸出来，显然属于某个被头朝下埋到腰部的倒霉鬼”。这一惩罚还是基于但丁史诗中买卖圣职者所受惩罚之上。兰登对于这个场景的记忆——写在受罚者大腿上的字母“H”平添了几份神秘色彩。读者再次将幽灵与兰登联系起来，因为两者都引用但丁典故，同时还对其进行复制。

布朗通过引用但丁《地狱》典故将幽灵和兰登联系起来，我们同样能够找出其他以但丁史诗为基础的联系。首先是兰登记忆中增添的其他材料——他不断地提到站在“尸体遍布、血流成河的河岸边”的“蒙面女郎”，这让人联想到但丁史诗《地狱》第12首中谋杀犯被浸泡在煮沸的血河中的景象。布朗塑造的形象给但丁笔下的意象增加了新的特征，布朗还加入了其他细节：女子脖颈上挂着一块天青石护身符，上面的图案是一条蛇缠绕在权杖上。蛇是指阿斯科勒庇俄斯（医术之神）之杖，这在希腊神话中指疗疾的良药。这个意象既涉及但丁史诗，也有古典文化，然而前者仍然占主导地位。《地狱》混合了基督教和希腊罗马文化——最让人震惊的是其中给予但丁朝圣之旅启迪的是异教徒诗人维吉尔。我们还不知道布朗如何融合基督教和反基督教作品，但是但丁作品带有这样的特点。

最终，了解但丁将会加深我们对布朗小说的理解，读者不应该静待谜团解开，而应该采取更加主动的态度——我们应该从叙述中未阐明的细节中自己破解悬念。

字里行间的潜在思想

读者从小说明示的信息出发，然后自由开放地组织自己的理解是一种强大的阅读方式。没有任何一次阅读是简单的解码，每个读者也都不应该将一个故事简化为一层简单、精炼的理解。每一部艺术作品都有读者能够深入挖掘的潜在含义。对于读者来说，在理解这些用典过程中最重要的是意识到这个理解过程。

让我们首先分析另一个例子，这个分析能够说明回忆但丁史诗内容将会增添布朗小说带给读者的乐趣。但丁的地狱之旅起到双重作用：首先，这次地狱之旅告诉生存的人死后的生活是什么样子，也会提醒读者地球上同样存在邪恶的一面。这既是一种预言，也是一种对痛苦往事的回忆。贝特朗·佐布里斯特在描述人口爆炸带来的危机时，效仿了其他遵循但丁写作原则的作家，重现了这两种功能。他在与辛斯基的对话中坚持说人口爆炸将会使地球变成地狱：

> 在人口爆炸的压力之下，从未想过偷盗的人将变成窃贼来养家糊口。从未想过谋杀的人将用杀人来抚养子女。但丁笔下的所有致命罪行——贪婪、暴食、背叛、谋杀以及其他罪行将会在地球上渗透……人类井然有序的生活将会消失殆尽，我们面对的是一场为每一个人而战的战斗。（布朗《地狱》第 103 页）

贝特朗·佐布里斯特采取另一种形式塑造地球上的地狱景象，影射了波提切利为史诗《地狱》所画的地图，这为辛斯基提供了素材和灵感。然而他特意调整了这个地图，重新设定了地球中的某一部分，加上了“cerca trova”（寻找，就会发现）的字样，还加入了他自己的形象——带着威尼斯面具的人物形象。这部分改编主要在于地球第八层邪恶的垄沟：地狱这一层被分成十沟，圈禁着犯了不同种类诈骗罪的灵魂。这个巧妙的设计给人们带来视觉上的冲击，然而，地狱中还有很多其他地方，读者也许要问为什么贝特朗·佐布里斯特如此青睐邪恶的垄沟。

布朗没有公开给出答案，我们当然只有依靠自己解决这个问题。然而，善于思考的读者也许会提出这个问题，这也使得读者能够积极地扩大丹·布朗小说给予的含义。为什么惩治诈骗者的垄沟更加适合贝特朗·佐布里斯特呢？

为了回答这个问题，我们需要仔细思考但丁笔下地狱的构造。诗人但丁笔下的地狱结构有重合的地方。根据但丁的描述，地狱总共分为九层，共有三个主要部分，分别是无节制者、暴力者和诈骗犯栖身的地方。贝特朗·佐布里斯特在强调诈骗罪，而不是其他两种罪行——无节制罪（好色、暴食、贪婪、浪费和愤怒）以及暴力罪（暴君、谋杀、自杀、亵渎、高利贷、鸡奸）时，他效仿了但丁对诈骗犯的惩罚。

对于现代读者而言，但丁如何定罪非常难以理解。为什么阿谀奉承或偷窃会比谋杀和暴政更加严重呢？但丁非常清楚这种令人吃惊的定罪方式的依据，他在第11首中曾向维吉尔做出解释，其依据是诈骗罪与其他罪行带来的后果差别很大：

> 欺诈损害每一个人的良心，一个人可以用它来对待信任他的人，也可以用它对待不相信他的人。这种做法似乎只能割裂自然给人创建的爱的纽带。（《地狱》11.52—56）

但丁在此处效仿很多哲学家，主要包括亚里士多德（来源于阿拉伯）和托马斯·阿奎纳。他的引用稍有不同，但是这种不同极具暗示意味。不同于其他无节制罪和暴力罪，欺骗罪适用于整个人类，会打破人类之间“创建的爱的纽带”。因此，但丁将其归类为更加严重的罪行。当贝特朗·佐布里斯特想象整个地球因为人口爆炸变成一个地狱时，他勾勒出的罪人接受惩罚的范围更加广泛，就像在邪恶的垄沟中一样。

因此，贝特朗·佐布里斯特笔下的罪犯并不是因为性、食物或者金钱犯罪，而是对利益更加冷血的追逐。诈骗者需要事先制订计划，他们并不是一种随机策划，而是蓄谋已久：维奈迪科·卡恰奈米科劝诱他的妹妹吉佐拉贝拉与侯爵私通，以达到密切与埃斯特家族的关系这一政治目的；阿莱修·殷特尔米奈伊为人狡猾谄媚、口是心非，教皇尼古拉三世为了自己家庭出卖自己的同仁。将贪污犯押送到地狱中的魔鬼这样描述这个地方："你们把他放到下面，因为我还要回到原地，那里这种人多着呢：除了邦杜罗以外，每个人都是贪污犯；那里为了钱能把不是说成是。"（《地狱》21.38—42）

卢卡有很多贪污犯，那是一个贪污蔚然成风的地方。圭多等军事将领因为他们贪污的便利性，而不是因为他们的勇气和战斗力而闻名邪恶的垄沟。

邪恶的垄沟最后一道沟最为深刻地刻画了由贪污欺诈导致的社会动荡。在那里，我们能够发现各种各样的伪造行为：伪造金属、钱币、身份、话语。这些都是社会交换的最基本的东西。打击伪造金钱、身份和语言的努力将使生活缩减为一种状态——一个人对抗所有人的挣扎。但丁的邪恶垄沟之旅以一个充满黑色幽默的小插曲结束：伪造钱币者亚当师傅患了水肿，一动也不能动；背叛特洛伊战争者西农得了急性热病，浑身发臭，两人用言语互相攻击。在这个背景之下，另外两名受诅咒的伪造身份者之间的对抗则显得更加野蛮："我看见两个面色惨白、赤身裸体的灵魂，他们边跑边咬，如同猪被放出来时一样。"（《地狱》30.25—27）这种兽性的暴力、仇恨和令人作呕的疾病组合起来，构成了但丁第八层地狱之旅的令人难忘结局。

读者在阅读丹·布朗《地狱》时仍然需要借助但丁史诗的某些

特点，我们能够通过这种方式拓宽布朗《地狱》的含义，同时，将小说与其引用的丰富传统典故相结合之后，读者得到的乐趣会更多。佐布里斯特屡次借鉴但丁的预言和天赋，然而如何理解这些暗示则是读者的责任。

佐布里斯特的地狱："我们的舞蹈开始了"

布朗的小说时常引用但丁，这些引用不仅非常具有创造力，而且将其与《神曲》树立了非常奇妙的联系。但丁的诗作并不只是给读者提供一个视觉意象的宝库，还为这部小说的主要情节提供了概念模型。在小说《地狱》中，作者丹·布朗运用但丁或但丁传统，同时这部作品中的反面人物贝特朗·佐布里斯特也是如此。

传统是一件复杂的事，鲍勃·迪伦几年前曾经获得格莱美奖，他在颁奖典礼上手握奖杯，将其在两手间翻来覆去地倒了几次。"这让我想到我的父亲过去告诉我的一些事，"他停顿了大约七八秒，这七八秒在电视上似乎过了很久，随后说道，"是的，我的父亲曾经说过很多事。"这是一个成功运用多种音乐传统的艺术家的反思。传统就像一位家长，就像迪伦的父亲一样，他会告诉我们很多事，而不仅仅是一件事。

引用但丁《地狱》的写作传统同样复杂。这意味着不仅引用他诗中视觉意象，在不同时期还意味着很多不同事情。很多作家都曾聚焦在《神曲》的预言上：但丁曾经预言过政治不公、宗教腐败，也影射过更加美好的社会和精神秩序。例如，但丁所采用的意大利三行诗节押韵法给予19世纪上半叶作家很多启迪。雪莱在《西风颂》中采用三行诗节押韵法，发起了一场革命性运动，以改革旧的思考方式。同样，他的同时代诗人拜伦于1819年创作了《但丁的预言》，这首诗歌不仅采用了但丁在史诗中运用的三行诗节押韵法，还采用了但丁在《神曲》中划分章节的方式，从而鼓励英国群众反抗意大利的政治局势。诸如此类的引用不仅模仿但丁名句或者格式，同时试图直接利用《神曲》表达某种意图，或达成某种效果。

接下来让我们仔细分析布朗如何在小说《地狱》中运用但丁史诗，这首先表现在佐布里斯特这个人物形象上，他每次出现都会提及《神曲》。佐布里斯特在文中涉及的情节非常简单，他被伊丽莎白·辛斯基激怒，用骨头制成钛金管，引导她施放病毒。他留下的线索简明直接，兰登在患上失忆症之前已获悉这一阴谋，骨头封印中有一个投影，能够映射出经过改编的波提切利的“地狱地图”。邪恶的壑沟中某些人物的重新配置造就了一个神秘的词汇：“cerca trova”（寻找，就会发现），给这幅地图增添了“只有通过死亡之眼才能瞥见真相”的意味。第一个线索直指韦奇奥宫中瓦萨里的画作；第二个线索是挂在瓦萨里画作对面的但丁死亡面具。这个面具背面添加了七个“P”。当它们被擦去时，《炼狱》（9.112—114）中的情景再现，另一个线索浮出水面，这显然利用了循环的写作技巧。这一段落以史诗《地狱》第 9 首“哦，你拥有坚定的智慧”开始，继而开始改编但丁史诗元素。这些线索指向阴险狡诈的总督，他砍下马头“抢夺瞎子的骨头”。此处的解决方案令人质疑，兰登被引到伊斯坦布尔恩里科·丹多洛墓前，找到佐布里斯特施放病毒的容器残骸。在兰登从佛罗伦萨辗转威尼斯，再到伊斯坦布尔的旅途中，其他的谜团也被一一解开，例如布索尼的死亡暗示着《天堂》第 25 首开篇等，但是这些谜团都是被兰登的盟友和对手解开的。

这些情节让人联想到布朗之前的小说，然而读者应该注意到其中存在的不同之处。《达·芬奇密码》再现的是天主教会长期隐瞒的历史事实，兰登发现不同历史事件的过程中带有反叛色彩。然而，在《地狱》一书中，中心情节在于佐布里斯特制成的“钛金管”病毒。在佐布里斯特的计谋下，读者发现的不是关于整个世界的普遍真理，而是仅限于佐布里斯特一个人的真相。当故事引导读者相信辛斯基、兰登、西恩娜，甚至教务长都在竭力阻止施放病毒，我们却最终发现早在追捕开始之前这种病毒已经被施放了。整个故事都是佐布里斯特的创造：一部分复仇是针对追捕、折磨他长达一年之久的辛斯基，一部分骄傲在于他为人类做出的贡献，而这种贡献也是他希望在自己的地狱中被人所知的原因。

从某种意义上说，佐布里斯特在小说《地狱》中起到与作者类似的作用，他勾勒出整个故事情节大纲，同时确保这些行动顺利展开。此外，也是他担负起引用和改编但丁史诗的责任。正如他告诉辛斯基的一样：“看来我们的舞蹈开始了”，这也是读者要跳的一支舞。布朗《地狱》的整个情节都让人思考佐布里斯特提出的人口问题。他行动的最终目标是践行生物恐怖主义，但是他施放病毒之前试图说服他人，告知他们这样做的原因何在。辛斯基、兰登和其他人物先后观看了佐布里斯特拍摄的视频，并且开始正视这个他们过去压制、避而不见的问题。但丁在《神曲》中将自己定位成预言者，佐布里斯特在《地狱》中更甚，他在视频中说：“但是我不是先知，我是你们的救赎。”

匆匆浏览这本书的读者也许会将佐布里斯特定义为试图主导世界的反派角色，就像《诺博士》中的疯狂科学家以及《天空城》中的德克拉斯一样。如果他们更加仔细地阅读这本书，就会发现布朗花费了很多心思塑造这个人物，直到小说末尾几章才为他平反昭雪。读者能够很容易地在布朗《地狱》的结论中发现辛斯基对于佐布里斯特态度的巨大反差：

> 我可以不赞同佐布里斯特的方法，但是他对整个世界状况的评估是正确的。地球面临着严重的人口过剩问题。如果我们仅仅阻止佐布里斯特施放病毒，而没有谋划出一个可行的替换计划……那么也仅仅是回到原点而已。（布朗《地狱》第452页）

鉴于辛斯基之前对佐布里斯特敌对情绪强烈，甚至派遣特工追查他的下落，她的态度转变愈发显得反差巨大。让我们回想一下辛斯基对于佐布里斯特的回应：她认为佐布里斯特是一个“罪犯”，是一个“疯子”，是一个“精神病人”。她告诉佐布里斯特，“我认为这是一个恐怖主义威胁，将会严阵以待”。随后，当辛斯基跟随佐布里斯特留下的线索，来到伊斯坦布尔之后，她才接受后者对于人口危机的论断。实际上，辛斯基暗示读者她也许会劝导大家接受佐布里斯特的“礼物”。她没有立即回应人口危机问题，相反，她似乎并不愿意揭开佐布里斯特施放瘟疫病毒的行为。总体看来，她似乎已经皈依佐布里斯特的马尔萨斯主义思想，虽然还有犹豫，但是她已经开始支持佐布里斯特的计划。

我们应该稍稍退后，冷静思考这部小说情节上扭曲的一面。这部小说中发生的一切都是徒劳的，我们跟随着兰登，随后是辛斯基、布吕德以及教务长，奔跑在拯救世界于生物恐怖主义的路途上。但是佐布里斯特在小说中一切行动发生之前就已经施放病毒，这使得所有英雄主义行动都变得徒劳无功。当他从巴迪亚塔上一跃而下之前，特工们已经分散到各地执行任务。剩下的只有他的“钛金管”、他对辛斯基的报复行为以及他所有行动的原因。与其说其他人物疯狂的解码、疯狂的追捕是在拯救世界，不如说他们是在竭力弄明白佐布里斯特的目的何在。整部小说中唯一起重要作用的就是佐布里斯特的行动，其他所有人都在跟随他的步伐随波逐流。此外，读者会发现书中所有悬念都是幻觉，所有重要行动在兰登醒来之前已经发生，无论兰登在布朗之前小说中多么英勇，例如他在《天使与恶魔》中拯救枢机主教，后者随后成为了新的教皇，他在这本书中始终与主要情节不相关。

现在让我们观察一下布朗如何绝妙地利用但丁作品，佐布里斯特在书中屡次提及但丁，起初这种引用看起来滑稽可笑，然而，随着情节发展，这逐渐变得合情合理。他面临的问题是人们面对人口危机问题时习惯了否认和忽视，于是他在但丁史诗中找到了让自己的论点更具说服力的办法。他将人口过剩问题比作但丁地狱中的惩罚，因此这个问题得以凸显；佐布里斯特在解决人口过剩问题时还模仿了但丁的救赎之路，将向下变成了向上。兰登早在接受佐布里斯特观点之前就注意到这一点，他在解释死亡面具上的螺旋状诗行时说："佐布里斯特也许是个疯子……但是他肯定非常了解但丁。"

佐布里斯特以幽灵的形象第一次出现在小说的序言中，读者在这时把他但丁式的想法视作疯言疯语。当我们读完这本小说之后，我们认为他的想法介于清醒和错乱之间。这一点在佐布里斯特自己对但丁作品的评价中可以看出，在小说《地狱》第 17 章中，教务长回忆起他最后一次与客户佐布里斯特会面的场景，后者曾经让人印象深刻，那时却头发凌乱、衣冠不整。他对财团头目教务长提出了新的要求——要求他把"钛金管"交给辛斯基，并且把视频在全世界范围公布，这也是他送给教务长的一份礼物。这反映出佐布里斯特十分关注但丁，正如他在史诗第一次注释的："这本书是为我而写。"《地狱》开篇三句诗行被手写在封面上：

“我走过我们人生的一半旅程，却发现我身陷一片昏暗的森林，因为我迷失了正路。”这著名的三行诗充满丰富的暗示，清楚地说明了朝圣者但丁所处的状况：他突然意识到自己生活中所有目标都坍塌了，在这个危险的世界中迷失了方向。但丁将自己设定为任何一个平凡人，也告诉读者只有反直觉方法才能让他们找到“正路”。一个人必须向下，才能向上；他必须穿过地狱，才能到达天堂。佐布里斯特充分利用了这种模型，用自己的方式将其实施在自己的生活中。更重要的是，他将这种模式广泛地适用在整个世界范围。

读者在阅读小说之初会认为佐布里斯特对但丁的着迷几乎是狂热的，随着故事的发展，他们会发现佐布里斯特对整个世界否认人口危机的控诉变得合理。同时，正如兰登所说，佐布里斯特充分理解但丁史诗的伟大，他在视频中说：“但丁的地狱并不是虚构性的……而是预言性的！”他的这种说法虽然不祥，但是可信。佐布里斯特关于人口危机的观点不仅是对但丁史诗的巧妙运用，同时也是对七百年来无数作家改编但丁作品的借鉴和运用。佐布里斯特赞同很多预言家们关于但丁史诗描述的不仅是阴间地狱，还是人间地狱。地狱不仅仅存在于后世，同时还暗指但丁的家乡意大利。地狱中受诅咒的灵魂阐述各自的故事，他们描述的罪恶揭露了人世间的生活和地狱中的体验一样可怕——人世间和地狱一样充满了受诅咒和受折磨的灵魂。但丁史诗不仅让读者了解朝圣者但丁的救赎之旅，还让读者意识到他们生存的周遭就是地狱。

佐布里斯特对于但丁作品的解读不同于一般读者的传统解读，在他想象的噩梦般的未来世界中，粮食短缺不仅将人们活活饿死，同时还腐化大众的道德。人们是否遵守伦理道德取决于能不能吃饱，一旦粮食出现短缺，“但丁的九层地狱”就会变成现实。

佐布里斯特对于但丁的引用虽然狂热，但是也相对直接。他笔下充满吸引力的线索“cerca trova”能够很容易地概括他与但丁史诗的关系。对于佐布里斯特而言，《神曲》为他自己的经验提供了一个模式——就像长期以来但丁史诗对于其他读者的启迪一样。例如，朝圣者但丁在昏暗森林中迷失正路和佐布里斯特所处的境况非常类似。科学家佐布里斯特发现未知的人口增长存在的危险之后也陷入一片迷茫中，他发现了一种方式来阻止这种危机。就像但丁有贝阿特丽切一样，佐布里斯特将希望寄托在西恩娜身上。然而，最重要的是佐布里斯特将自己定位成但丁那样的预言者，试图刺激和引导人们采取实际行动。佐布里斯特以螺旋形刻在死亡面具之上的史诗《地狱》原文非常重要，他通过这一举动号召“坚定的知识分子”行动起来，即那些能够读懂潜在谜底的人，换句话说，就是那些不再否认这些艰深但同时非常重要的事实的人。

丹·布朗的《地狱》

丹·布朗与但丁之间的关系和佐布里斯特的任务一样复杂。布朗对小说《地狱》的评价平淡无奇：“我希望这本书能够激励人们去发现或者重新发现但丁。如果顺利的话，他们将会同时赞赏但丁在过去七百年间所影响的非凡艺术。”当谈到这本书的主题时，布朗说：“这不是一本激进的书，我在书中没有得出一个结论，我只是说：‘大家好，比我更加精通这些领域的人应该认识到这个问题。’”然而，小说本身却并非如此，读者也许会说布朗创作了一本激昂论证危机的小说，其中富含但丁史诗中的典故，但是这本小说本身并未佐证他提出的上述观点。

首先，让我们回忆一下布朗如何呈现给佐布里斯特以启示的危机。佐布里斯特最初是一个“幽灵”，是一个疯狂的自我毁灭的疯子，他对但丁史诗就像他每天穿行的佛罗伦萨街道一样熟悉。他的狂热言论中不时插入几句但丁史诗和但丁生平事迹，充满了妄想和偏执，让读者立刻给他打上反面人物的标签。接下来在第9章和第10章中，读者与佐布里斯特再次相遇：高级协调员诺尔顿深受佐布里斯特的视频困扰，反复思考是否应该把这个视频给教务长观看。布朗花费诸多工夫刻画这一场景，强调了佐布里斯特这个人物的威胁性。带有病毒的塑料球非常可怕：它包含“凝胶状棕黄色液体”，我们稍后得知这些液体“膨胀开来”，“朦胧成雾状”。这些液体“仿佛在缓慢旋转，就像是酝酿之中的风暴之眼”。佐布里斯特的出现让人倍生恐惧，他首先是一个幽灵，随后给人的印象是“丑陋的”，最终是“半人半鸟的”，鼻子好像不是人类的，而是一只长长的鸟喙。他给读者留下了充满攻击性、威胁性，同时自以为是的印象，这在他所给的结论中可见一斑：

> 所以我站在这里，这座洞窟深处，望着那片吞噬所有星光的泻湖。在这座沉默的宫殿里，地狱之火在水下燃烧。很快它就会迸出火焰。等到那一刻，这世间便再无可以阻挡它之物。（布朗《地狱》第48页）

同样值得注意的还有佐布里斯特话中的陈词滥调，他并不是第一个威胁人类将会有一场大规模的不可避免死亡的人物。

佐布里斯特下一次出场在第17章教务长回忆与其最后一次会面的场景，这并未改变之前读者对他的印象。在教务长的回忆中，佐布里斯特起初是一个“在他所属领域里显赫的人物……光鲜体面，个子高得出奇”，而他现在却变得“衣衫不整”，“眼眸中透着疯狂”。佐布里斯特提出的新要求让教务长十分困扰，他口中屡次提到的《神曲》也让教务长迷惑不解。

此处同样值得注意的是，与其说布朗直接呈现了佐布里斯特这个人物，不如说他直接呈现了其他人对佐布里斯特的印象。与其他人物的呈现方式不同，佐布里斯特是通过一种间接的方式走入读者视线。布朗在书中的人物之间自由穿梭，走进他们的思想，呈现他们的言语和行动。然而，我们对于佐布里斯特的印象，至少在前几页中的印象，都是通过他人呈现的。

随着故事的发展，佐布里斯特的形象也发生了变化。世界卫生组织总干事伊丽莎白·辛斯基肩负起呈现佐布里斯特形象的任务。与处理视频的手法一样，布朗将佐布里斯特和辛斯基的会面分为两个部分，分别在第22章和第31章呈现。当然，诸如此类的碎片式叙述方式会给读者留下悬念，不过，读者也许会认为这种方式可以带来其他效果。布朗在刻画佐布里斯特这个人物形象时煞费苦心，作为读者，我们也许会注意到这一点。

辛斯基在头晕目眩、呼吸困难时回忆起与佐布里斯特的会面，后者盛气凌人地给她上了关于人口增长的一堂课（通过古斯塔夫·多雷的一幅油画和一些数据）。佐布里斯特讽刺世界卫生组织在此方面做出的努力，两人的会面最终以辛斯基声称将把佐布里斯特作为“潜在的生物恐怖主义分子”列入检测名单（第31章），这个结论再次证实了佐布里斯特已经为读者熟知的反面人物形象。然而，如果我们仔细观察布朗对于佐布里斯特的刻画，就不难发现他要描述的并不仅限于此。佐布里斯特不是诺博士，他的论点也不是从妄图主导世界的疯狂角度出发。实际上，辛斯基也默许了他提出的论点和证据：辛斯基反对佐布里斯特关于世界卫生组织控制人口增长的措施，而当后者提出这些措施导致的结果是更庞大的天主教传教士队伍尾随世界卫生组织前往非洲宣传节育的副作用，辛斯基哑口无言，无法辩驳。佐布里斯特向她展示另一幅潜在人口增长图片时，她无言以对，只能在心中默认这幅图“总是带给人一种诡异的感觉，如同宿命般无法躲避”。随后，佐布里斯特提到马基雅维利的名言，辛斯基凭借记忆将其补充完整。两人之间的交流与其说是一场辩论，不如说是一场契合。

第 22 章以佐布里斯特重启反派人物模式结束，辛斯基听闻科学家佐布里斯特对于世界总人口数的理想预期之后讽刺他说：“这个目标提得太晚了。”佐布里斯特反问她说：“真的晚了吗？”这似乎让他看起来与其他通俗小说中疯狂的主人公并无两样。然而，辛斯基的回忆在第 31 章继续时，我们会发现这位世界卫生组织总干事并未提出具有说服力的论据，她在看完佐布里斯特展示的世界卫生组织公布的曲线图之后感到“深深的无助感”，只得接受现实。她再次对自己说：“这张图表绘制出了令人不寒而栗的残酷画面，而且并非遥远的未来……而就是近在咫尺的前景。”这一章结尾处再次刻画出佐布里斯特的反面形象，辛斯基警告说她会将其视为潜在恐怖主义者。然而，此处值得注意的是佐布里斯特并未建议用大规模灭绝人类的办法来解决人口过剩问题，当然，读者从前文中得出佐布里斯特是一个疯子的印象，他们可能会认为后者会提出诸如此类的解决办法。我们也许会注意到这并不是辛斯基对于此次会面的主观臆测，而是她对于两人会面的客观回忆。辛斯基认为这可能是一个恐怖主义者发起的袭击，因此竭力予以阻止。布朗的叙述以辛斯基的愤怒情绪和指责结束，这可能给读者以误导，正如我们可能会争辩的，这种误导是刻意的。

布朗对佐布里斯特这一人物的刻画从第38章辛斯基神志昏迷的状态开始发生变化。辛斯基与佐布里斯特会面之后直接赶到机场，她在那里收到新对手的一封手写留言：“地狱中最黑暗的地方是为那些在道德危机时刻皂白不分的人准备的。”对于辛斯基而言，这封留言暗示着佐布里斯特早前所说的“我们的舞蹈开始了”。这封留言显然带有强烈的反派人物风格，布朗却使其复杂化了：这几句话是但丁史诗《地狱》题词，它们并不是第一次出现在文中。这种对应会让读者停下阅读进行一番思考。题词通常会站在外围评论随后出现的文学作品，在丹·布朗的小说《地狱》中，这几句题词为佐布里斯特这一反派人物提供支持，如果说这种支持并未让他变得权威，至少也让他因此更加突出。

我们应该更加深入地分析一下这种引用，佐布里斯特在视频中再次重复这一论述，读者也许早已对此心怀期待。布朗在这个题词中又加入另一次重复，这次是由主角：勇敢的符号学家罗波特恩登呈现。他在返回波士顿和哈佛的途中进行反思，其中不仅提到佐布里斯特在前文中所说的话，还对他表示赞同。“对于兰登而言，这些话的意味变得异常清晰：*在这样危险的时代，无为是最大的犯罪。*”（斜体部分是布朗原话）更加具有说服力的是兰登随即承认的事：

> 兰登知道自己和其他人一样都对此负有责任。当这个问题扩大到全世界范围时，每一个人都竭力否认并撇清自己。兰登许诺他会牢记这一点。（布朗《地狱》第463页）

布朗在此处提出了一个令人吃惊的论据，改变了佐布里斯特在书中的角色。兰登意识到他的否认，他对“无所作为”的厌恶(与佐布里斯特一样，兰登认为这是一种“罪”，而不是一种失败)，以及他要铭记此事的决心都让读者开始再次思考佐布里斯特提出的论点，从而像西恩娜一样，将这些恐惧当成“不是不可能，而是不可想象”的事。

这本书前半部分对佐布里斯特的刻画让读者不自觉地忽略他的观点，而在后半部分则完全颠覆了读者对他之前的印象，读者对其评价更加客观。第一处较为公正客观的评价出现在第50章乔装打扮的西恩娜和兰登从韦奇奥宫出来走到大街上。他们随即前往佛罗伦萨但丁博物馆，兰登想要去那里寻找一本《神曲》来弄明白下一个线索的寓意。在沿途中，西恩娜提到了佐布里斯特关于人口的作品及其观点，兰登针对这些内容提出很多让人不快的问题。然而，兰登惊讶地发现西恩娜认为佐布里斯特关于人口危机的主要论点是正确的。我们再次注意到布朗的写作技巧，西恩娜针对兰登的反驳给他上了关于人口过剩的一课——兰登自己稍后也意识到这种意见带有强烈主观色彩，不够客观公正。西恩娜不仅具体陈述了佐布里斯特的事迹，还解释了他的观点为什么遭到如此强烈的反驳。两人之间的交谈更像是一场劝说，而不像是一次辩论。与之前的辛斯基一样，兰登逐渐由反对到接受对方的某些观点。实际上，兰登与辛斯基还有不同之处：世界卫生组织总干事辛斯基默默赞同佐布里斯特的观点；而兰登不仅赞同西恩娜观点，还对其进行了补充。兰登“吁了口气，试图理解他刚刚听到的这番话”。布朗在此处巧妙地转移了佐布里斯特的论点，兰登不再立即将佐布里斯特的警告当作无稽之谈，他开始停顿下来对其进行思考。在后半段谈话中，兰登逐渐开始同情佐布里斯特的警示，对其多了几分期待。

对话以一个兰登无法回答的假设性问题开始。西恩娜询问了一个类似英国哲学家菲利帕·福特著名的“电车难题”的问题。

> “如果你打开一个开关，会随机消灭地球上的一半人口，你会这样做吗？”
>
> “当然不会。”
>
> “好吧。但是如果有人告诉你，假如你不立刻打开这个开关，人类将在一百年内灭绝，你会怎么做？”她停顿了一下，“你会将它打开吗？”（布朗《地狱》第 218 页）

兰登顿时深感不安，他没有直接回答这个问题，而是提醒西恩娜他们已经抵达目的地但丁博物馆。对此，西恩娜说：“就像我说过的，拒绝回答。”在布朗塑造佐布里斯特的过程中，这是最为关键的转变之一。与之前场景不同，关于佐布里斯特的对话不再带有狂热和愤怒，而是保持中立。佐布里斯特不再被当作一个疯子，他的代言人西恩娜显然战胜了兰登，后者不再直接批判，而是拒绝回应关于佐布里斯特的问题。

这并不是说“电车问题”没有一个确定的答案，只是丹·布朗决定不再深入挖掘而已。因此，他给整个小说提供了一个清晰的发展主线：佐布里斯特首先是一个持有疯狂计划的反派，随着故事的发展，他的形象也在发生变化。最终，他并没有被英雄化，甚至都未被平反昭雪，但是他关于人口问题的观点开始走入人们的视线，引起了诸多思考。在兰登与西恩娜的对话中，佐布里斯特给我们展示了妨碍理解这一问题的拒绝态度：布朗揭露了人口过剩的问题，而佐布里斯特揭露了人们拒绝面对这一问题的态度。

布朗的情节安排继续使人们的视线回归到佐布里斯特充满悬

念的问题之上，然而其中的关注点已发生了变化。在第67章，辛斯基回忆起她和兰登在飞往佛罗伦萨的路途中发生的对话，对话的重点在于佐布里斯特的计划，而不是他对现状的分析。辛斯基和兰登都曾批判佐布里斯特解决问题的方法，但并未过多批判他解决问题的目的。两人都反对基因工程，也对此举证诸多科学、社会和文化方面的原因。即便在此处佐布里斯特和他观点的呈现都是杂乱的，基因工程并没有与过去科学活动发生割裂，而是“毫无疑问的下一步”，研究此领域的科学家在《探索》杂志上发表过这一方面的文章。诸如此类的创新“浓缩了我们物种的真正潜能”。

在小说中，布朗将这些沉思在其他角色对佐布里斯特的回忆中表现得淋漓尽致，这也为小说结尾处更加直接的交流做了铺垫。小说中诸多追逐场景最终停在伊斯坦布尔，西恩娜找到一艘船并且返回岸边以逃避兰登。她解释了佐布里斯特施放病毒的行为动机，再次引发了争论。然而，就像我们在每次争论中可见的那样，两人并未达成一致意见。出乎读者的一贯预料，佐布里斯特并没有施放瘟疫，而是试图通过使三分之一人不育，从而达到将全世界人口控制在四十亿这一理想数字的目标。正如西恩娜和兰登所讨论的一样，此时讨论这一问题的焦点并不在于实现的目标，而在于方法。兰登简单直白地将佐布里斯特采取的措施打上“基因恐怖主义”的标签。西恩娜对此并不赞同，而是采取了一个更加复杂的立场。她担心佐布里斯特的技术会被某些带有邪恶目的的政府和组织利用。这就使得兰登处于一个非常尴尬的位置，他认为这项技术是一个能够使全球人民过上更加美好生活的天赐良机。

我们此刻应该返回去观察布朗所做的一切，他引起了一个讨论，参与其中的人能够就重要观点达成一致意见，然而正如兰登所预见的佐布里斯特改变基因结构可能会带来的后果一样，讨论者们也许会同时感到他们的结论缺乏扎实的基础。这也为小说高潮部分，也就是辛斯基似乎对佐布里斯特的解决方式表示赞同，打下了基础。与兰登不同，她并不认为这种技术属于基因恐怖主义；而是从中发现诸多益处。实用主义似乎战胜了抽象的道德主义。

让我们总结概括一下佐布里斯特，显然，他与但丁史诗有密切关联，多次颂扬但丁史诗中预言性的视角、直截了当地批评人类现状和弱点。但丁救赎之旅的形式同样吸引佐布里斯特——救赎之旅自相矛盾地通过远离希望之地来实现。最终，但丁史诗富有的创造力同样得到佐布里斯特赞扬，后世作家多次引用和改编《神曲》，佐布里斯特同样抓住其精髓，通过但丁史诗来表达自我观点。

上在那里变成了下

佐布里斯特但丁式的想象变成了一种强有力的、丰富的了解世界的方式。他对于人口过剩现状的反应存在问题，然而这部小说总体上认可他对这种危机危害程度的估计。最终，甚至连辛斯基都改变看法，接受西恩娜对于佐布里斯特的评价："他热爱人类，他如此渴望拯救人类，才会采取这种严厉的措施。"辛斯基前往世界卫生组织总部的举动表明她已经意识到佐布里斯特的行动目标是什么。

辛斯基对于佐布里斯特态度的反转让人吃惊，这也让读者重新思考小说中的很多事件。如读者所料，兰登再次澄清这部小说关于反转的态度。无论他在小说最后的行为多么徒劳无益、多么迟缓无力，他的评论暗示意味强烈，帮助读者理解布朗与但丁的关系。让我们分析一下关于这次追捕末期的两个段落。

图 11 科内利斯·加勒绘《路西法》，弗吉尼亚大学阿尔伯特与雪莉·斯莫特辑收藏图书馆供图

第一个段落出现在第 85 章兰登靠近圣索菲亚教堂时，他正受到佐布里斯特死亡面具背面所写的但丁诗句所困扰：

> 但丁《地狱》最后一首结尾部分描绘的情景几乎与此一模一样：但丁和维吉尔一路跋涉，抵达了地狱的最低点。由于这里没有出路，他们听到了流水穿过脚下石块的响声，然后顺着这些小溪，穿过大大小小的裂缝

……终于找到了安全地带。

但丁写道："下面有个地方……那里不能靠眼睛，而要凭借耳朵才能听到一条小溪的流水声。小溪顺着岩石中孔洞泻下……导师和我顺着这条隐秘的路，重新回到了光明世界。"

但丁描绘的情景显然是佐布里斯特那首诗的灵感来源，只是佐布里斯特似乎将一切都颠倒了。兰登和其他人确实会跟踪流水的响声，可是与但丁不同，他们不是远离地狱……而是直接走向它。（布朗《地狱》第381—382页）

我们也许会注意到此处颠倒的突出作用，如果我们用小说结尾处的视角再次审视这些段落，就会发现这个段落不仅是对但丁史诗结构的评价，同时也是对布朗小说情节的评价，他们都用反转剧情带给读者惊喜。

让我们回忆一下但丁史诗《地狱》第34首结尾处，朝圣者但丁和维吉尔沿着地狱魔鬼的身体向南半球爬行。但丁描写此处时充分利用了力学，大概在地球中心位置时，他注意到维吉尔"把头转到双腿所在的一边，一把抓住汗毛，如同一个正在攀爬的人。"（《地狱》34.79—80）。但丁对此百思莫解，维吉尔不辞辛劳地加以解释：在地球中心引力发生逆转，下降其实是在上升。这一首以一个让人充满希望的意象结束：但丁再次看到繁星。当他向上爬时，听到了流水的声音——流动的、代表上帝恩惠的水流声，而不是科赛特斯冰湖中结冰的水。声音和光线联合起来构成了这部史诗中最美丽的时刻之一。

但丁史诗的这一反转时刻深深地困扰了解密佐布里斯特线索

的兰登。在第 91 章中，也就是小说《地狱》的高潮处（读者发现这完全是一个反高潮章节），兰登回想起史诗《地狱》第 34 首。当主人公接近“零地带”时，布朗引用了几句但丁史诗。兰登跳进蓄水池中，想到了史诗《地狱》中的台词，听着远处回荡的《但丁交响曲》。当他接近水下的袋子时，乐队开始演奏《入此门者，放弃希望》，也就是但丁史诗中写在地狱大门上的题词。正当他接近这一点时，布朗的描写让人愈发联想到史诗《地狱》第 34 首：“但丁的《地狱》。最后一章。在地球中心引力发生逆转，上升其实是在下降。”

这些引用加强了悬念，让人难以抑制地继续深入挖掘。正如朝圣者但丁在第 34 首体验的地心引力反转一样，小说《地狱》的反转提供了一个概念模型。在那里，下就是上。佐布里斯特起初是一个反派，逐渐变成了全球危机的预言者。

从此处到最后一章，读者都能够观察到这种反转结构弥散在整个小说中。没有任何事情表里如一，西恩娜起初似乎是朋友，随后变成了敌人，最终又成为同盟。布吕德起初是一个威胁性的角色，后来变成了兰登的朋友。兰登近乎狂热地阻止佐布里斯特施放病毒，然而这些努力最终都未起作用。实际上，整个小说的情节都是佐布里斯特的创作——被追杀的人变成了主导这场追杀的人。同时凸显的还有布朗对于人口过剩问题的看法——我们之前很长时间都否认危机的存在，随后在某个瞬间突然意识到这个问题，就像朝圣者但丁在史诗《地狱》第 34 首体验的一样。我们能够说“零地带”中倒置的美杜莎的头颅最为恰当地代表佐布里斯特的反转剧情吗？如果佐布里斯特利用但丁史诗作为预言的工具，那么布朗似乎模仿但丁史诗来设计剧情以及唤醒读者的意识。无论在哪种情况下，《神曲》的影响力都不容小觑。布朗和他笔下的佐布里斯特都参与改编了但丁作品。

传统与读者

丹·布朗的小说经常因为对话刻板、过渡笨拙以及人物刻画不够彻底而遭到抨击，甚至有读者认为他的小说就是把现成的材料拼凑到一起。我们不难从他的小说中找到别的作品或者人物的影子：佐布里斯特和任何一部邦德电影中的反派人物都有相似之处；瓦任莎一下就让人联想到斯蒂格·拉森三部曲的女主人公丽思贝丝·沙兰德；被规则束缚的教务长让人联想到电影《玩命快递》(2002) 中的杰森·斯坦森；努力寻回失去记忆的兰登让人联想到电影《记忆碎片》(2000) 中的克里斯托弗·诺兰。全世界范围瘟疫的剧情曾在多部影片中出现，例如《恐怖地带》(1995)、《传染病》(2011) 以及《人间大浩劫》(1971)。在《夺宝奇兵》及其三部续集之后，富于冒险精神的教授形象对于观众来说也并不陌生。

读者提出的上述意见确实存在，这些意见也许稍稍有些离题，布朗作品存在的真正问题在于他没有能够很好地融合小说中的不同元素，兰登作为导游的繁复表现就是一个很好的例子。即使是面临最为疯狂的追杀者，兰登还是时不时停下来告知读者一些关于周围雕塑或建筑物的信息——通常是高度等不相关的信息，这使得他更像一个带领游客参观博物馆的讲解员。

尽管如此，布朗的《地狱》确实在融合各个元素方面有所进步，如果这部小说的中心思想在于表达否认和反转——解决人口危机和人物视角的快速转变，那么我们就能够观察到小说次要情节对整本书结构做出的贡献。被规矩束缚的教务长带领的财团是辛斯基和兰登的敌人，对于整个故事结构来说都非常重要。但是从更大的主题角度来说，掌握权力的组织和个人出钱购买财团提供的服务，读者可以从中看出否认如何被维护下去。

我们并不想说布朗的《地狱》是和查尔斯·狄更斯的《孤星血泪》以及斯科特·菲茨杰拉德的《了不起的盖茨比》一样杰出的作品，然而我们的确认为读者应该从这部作品本身的优点出发予以评价。同时，一部作品的伟大之处并不仅仅在于作品本身；同时还要有杰出的读者积极主动地想象这部作品的潜在寓意。正如丹·布朗自己所希望的，如果说小说《地狱》能够使得读者带着全新的视角和兴趣再次研读但丁的代表作《神曲》，那么这也算是一个不小的成绩。

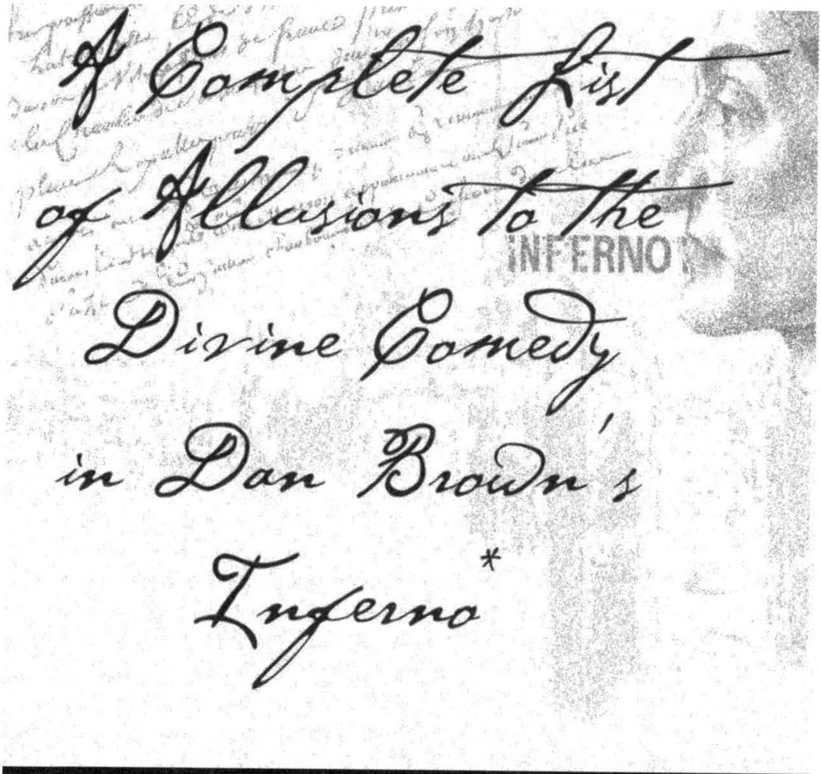

第九章

丹·布朗的《地狱》中提及的《神曲》典故

丹·布朗不仅采取多种方式改编《神曲》，这在上一章中已经有所介绍，而且直接对其加以引用，以激发读者对但丁笔下经典典故的探索。本章将完整列举这些典故，帮助读者自主探究丹·布朗对于但丁作品的引用。

本章将按照丹·布朗《地狱》（英文版）页码顺序列举这些引用，并将其视为对于但丁《神曲》的意译或者提炼，随后指出并探讨这些典故出自但丁史诗中的哪些具体段落。

第1页，题词

> 地狱中最黑暗的地方是为那些身处道德危机年代保持中立态度的人准备的。

丹·布朗此处引自但丁对于中立者的惩罚（《地狱》3.34—63），但丁刚刚踏入地狱之门就看见“既无恶名也无美名的凄惨灵魂”。他们常被叫作中立者或者无名氏，这些灵魂意志薄弱，生前默默无闻，遇事从不表明态度。他们是但丁在地狱中遇到的第一批却不是“最黑暗”的灵魂。但丁遇到贪食者恰科之后，向其询问意大利人法利纳塔、戴齐侯、莫斯卡和雅各波·卢斯蒂库奇的下落，恰科用“如果你能到地狱的更深层，你就可以看到他们”来回答。随后，但丁在地狱更深处遇见了法利纳塔、戴齐侯、莫斯卡和雅各波·卢斯蒂库奇。

第3页，真相

> 但丁在史诗《神曲》中将地下世界定义为地狱，这是一个分级严明的地方，其中满是身陷生与死之间的没有肉身的灵魂——他们在文中被称为“影子”。

但丁用“影子”或者“灵魂”描述他在后世遇到的灵魂，当他来到地狱第三层，贪食者不顾砸在身上的肮脏的雨、雪和冰雹，大肆吞咽食物，但丁踩踏着他们的身体，“而这些身体却空荡缥缈，徒具人形”（《地狱》6.36）。这些影子并没有真实存在的肉身，然后诗中也偶有瞬间赋予某些灵魂有形的肉身，尤其是在地狱更深处：挑拨离间者鲜血淋漓、创伤累累（《地狱》28）；但丁踢鲍卡·德·阿巴蒂的头，并揪他的头发（《地狱》32.75—105）。但丁此处运用了诗的破格技巧。

第5页，序言

穿过痛苦之城，我落荒而逃；穿过永世凄苦，我远走高飞。

在小说开头处，幽灵如是说道。“痛苦之城”出现在地狱之门的门楣上（《地狱》3.1）。查尔斯·辛格尔顿将其翻译为“悲惨之城”。在《地狱》中，但丁曾用多种迂回的方式表达地狱，如“永恒之地”（《地狱》1.114）、“黑暗的牢狱”（《地狱》10.59）、“幽深而污秽的峡谷”（《地狱》12.40）。译者不同，对其描述采用的用词也不尽相同，这些表达方式进一步加强了但丁对于地狱的刻画。

读者可以在“但丁的世界”网站（www.worldofdante.org）主页搜索框中输入“Inferno”，便可以找到但丁关于地狱的所有表达。

我沿着亚诺河河岸气喘吁吁地攀爬……

几段后，布朗提到佛罗伦萨的几个地点：圣佛罗伦萨广场、巴尔杰洛博物馆、巴迪亚等。但丁在诗中提及亚诺河多达四次，分别在第13首、第23首、第30首和第33首。他还提到了佛罗伦萨的标志性建筑，例如“圣约翰洗礼堂”（《地狱》19）和“韦奇奥宫”（《地狱》13）。

入此门者，放弃希望！

就在但丁看完地狱之门门楣上的文字后，维吉尔告诉他，“这里必须丢掉一切疑惧，这里必须清除一切畏怯”（《地狱》3.14—15）。

不幸之地！

当但丁询问贪食者恰科有关佛罗伦萨分裂的原因时，他说傲慢、嫉妒、贪婪是焚烧人类内心的三个火星（《地狱》6.75）。犯鸡奸罪的佛罗伦萨人布鲁内托·拉蒂尼形容他本族的人民“贪婪、嫉妒、狂妄”（《地狱》15.67—68）。

第5—6页

……淫荡的肉体在火雨中挣扎，贪婪的灵魂在粪水里沉浮……

犯淫欲罪者被地狱里永不停止的狂飙猛力地席卷着东飘西荡（《地狱》5.31—33），贪食者拼命地吞咽发臭的泥土（《地狱》6.7—12）。亵渎者、鸡奸犯和高利贷者忍受着雪片般的火雨从天而降（《地狱》14.28—29）。幽灵贝特朗·佐布里斯特就混淆了犯淫欲罪者和贪食者受到的惩罚。

第6页

丹·布朗多次提到但丁在《地狱》中被放逐一事，其中通过布鲁内托和法利纳塔两人口中所述最为典型（分别是《地狱》10.76—81和《地狱》15.61—78）。让我们看一看第3章中对此典故的引用。

尊敬的维吉尔，请指引我，穿越时空的阻隔。

引领但丁穿越地狱和炼狱的正是罗马诗人维吉尔。我们已在第1章中对于但丁选择向导一事做出过评论。

第7页

……在那血红的湖水之下酝酿，那里的泻湖不会倒映群星。

实施暴力伤害他人的人（杀人犯、暴君和盗贼）在火河中被煮沸，火河是经典著作中冥府之河之一。但丁笔下的火河“熬煮着用暴力伤害他人的罪犯”（《地狱》12.47—48）。对于但丁而言，“群星”具有重要的象征意义，他在《神曲》中几乎每一部分结尾处都会提及群星。

第9页

隔着被鲜血染红的翻腾河水，罗伯特·兰登与那女子相对而立。

在《炼狱》中，但丁在经过忘河途中遇见了主宰人间天堂的玛泰尔达（《炼狱》28.37—75）。

> 兰登眼见着河中成百上千的尸体“被烈焰焚烧，被粪便掩埋，或者相互吞噬”。

异教徒在坟墓中被烈火灼烧（《地狱》10）；阿谀奉承者被粪便掩埋（《地狱》18）；乌格里诺啃噬大主教卢吉埃里的头颅（《地狱》32—33）；地狱之王尽享犹大、布鲁特斯和卡西乌斯的肉体盛宴（《地狱》34）。兰登在波提切利的“地狱地图”中也找到了这些证据。网络版波提切利的“地狱地图”非常小。读者可以在“但丁的世界”网站主页找到更多细节。第一幅地图就是波提切利的“地狱地图”：你可以将其放大，仔细查看但丁笔下地狱中的每一个角落。

第9—10页

蒙着面纱的女子（辛斯基博士）站在对岸：

> 指着两条扭动的人腿，它们上下颠倒地从泥里伸出来，显然属于某个被头朝下埋到腰部的倒霉鬼。

犯买卖圣职罪者被头朝下埋在洞穴里，烈火灼烧着他们的脚底。我们已经在第4章讨论过对于犯买卖圣职罪的教皇们的惩罚。读者也能够在波提切利的“地狱地图”中发现相关信息。

第 29 页

兰登再次回忆起蒙着面纱的女子：

> 隔着被鲜血染红的翻腾河水，她脚下的尸体在痛苦地扭动挣扎……（他们）头朝下被埋到腰部……

关于被鲜血染红的河流，请查看上文有关第 7 页的注释。《地狱》（7.100—126 和 8.31—63）曾描写过愤怒的冥河。关于头朝下被掩埋到腰部仅露出两条腿的灵魂，请参看上文第 9—10 页的相关注释。

第 29 页

再次涉及血河对岸的银发女子（辛斯基博士）。

此处提及绝望的惨叫声，以及受尽折磨的灵魂痛苦的呼救声，这些声音唤起了但丁对于地狱的初始印象，在那里他也听到诸如此类的痛苦惨叫（《地狱》3.22—30）。关于被鲜血染红的河流，请查看上文有关第 7 页的注释。

第 58 页

滤筒上的封印包含了波提切利“地狱地图”中的一个景象：

> 三头魔王面容狰狞，三张嘴里各咬着一个人，正在将他们吞咽下去。

兰登认为魔王撒旦“和黑死病密切相关”。

但丁并未将撒旦和黑死病进行任何联系，但丁笔下的魔鬼撒旦将三个主要罪人——犹大、布鲁特斯和卡西乌斯——嚼得粉碎（《地狱》34.55—67）。魔王撒旦的三个头颅颜色各不相同：淡黄色、红色和黑色。卡西乌斯、犹大和布鲁特斯分别被叼在淡黄色、红色和黑色头颅口中。三人都犯了背叛罪：布鲁特斯和卡西乌斯背叛了恺撒，犹大出卖了耶稣。

第 64 页

兰登介绍了有关《神曲》的诸多基本信息，例如其分类为三部曲、作者和《地狱》的受欢迎程度等。他还提到了对于贪婪者（“被永不停止的狂飙猛力地席卷着东飘西荡”）、贪食者（“被迫将头埋在污秽的泥沼中”）以及异教徒（“被困在燃烧的墓穴中”）的惩罚。

对于贪婪者和暴食者惩罚的描述极其详尽，然而，暴食者还要忍受狂吠的刻耳柏洛斯和从昏暗天空中倾泻而下的雨雪冰雹。参见但丁《地狱》第 5 首（贪婪者）、第 6 首（贪食者）和第 10 首（异教徒）。我们在第 2 章和第 3 章中分别讨论过但丁对于贪婪者和贪食者的惩罚，以及对异教徒的惩罚。

第 64—65 页

> 但丁在《神曲》中塑造的地狱形象已经成为永世经典。自从《神曲》问世以来，无数杰出的后世作家争先对其进行各种赞颂、翻译和改编。

参见第 7 章和第 8 章关于但丁《地狱》的经典传承和大众改编。

第 66 页

兰登提到三种罪人在地狱邪恶的垄沟中接受惩罚：诱奸者被魔鬼鞭打、盗贼被蛇群噬咬、买卖圣职者被沥青包裹。

地狱邪恶的垄沟是地狱第八层所在，分为十个垄沟，犯欺骗罪的灵魂在那里接受惩罚。在《地狱》第 11 首中，但丁综述了地狱中接受惩罚的灵魂们各自所犯的罪责。他在第 52—60 行提到欺骗罪。在《地狱》（18.1—15）里，但丁概括地介绍了地狱第八层的地形地貌。他将第八层地狱比作一口井。

与兰登相比，但丁对于窃贼所受惩罚的描述更加复杂，不同窃贼接受的处罚方式各不相同：蛇和其他爬行动物向窃贼发动密集攻击，它们紧紧缠绕、扭曲、噬咬这些窃贼；有时这些窃贼和蛇群相互融合，并融为一体；有时他们与蛇群在缠绕间相互转化、变形。我们已经在第 1 章中对此做过探讨。

第 75 页

因为辛斯基博士，佐布里斯特送给教务长一个礼物（投射波提切利“地狱地图”景象的滤筒），并称其为：

> ……她自己的私人维吉尔……

维吉尔是指引但丁穿越地狱及炼狱大部分的导师，参见但丁在第 1 首中关于两人初次会面的描述。

第 77 页

教务长翻开佐布里斯特送给他的《神曲》首页，读到《地狱》第 1 首开篇三行诗时看见了佐布里斯特感谢他的题字：

感谢帮助我找到了方向。

但丁在《地狱》第 1 首第 3 行提到自己迷失了正路（the straight way，辛格顿译本；the straightforward path，丹·布朗译本）。此处的“正路”带有“正直”和“难行”的含义。

第 80 页

兰登多次提到但丁与佛罗伦萨的紧密联系，以及但丁被放逐出他挚爱的家乡之后的苦闷心情，他引用诗中原文：

你将舍弃一切最珍爱的事物；这是放逐之弓射出的第一箭。

兰登此处引用了但丁高祖父卡洽圭达的原话，《天堂》第 15—17 首描述了朝圣者但丁与其高曾祖父相遇的场景，此处引用出自《天堂》（17.55—57）。但丁在整个朝圣之旅中数次提及他被放逐的经历。法利纳塔（《地狱》10）和布鲁内托（《地狱》15）都曾直接提及这件事。然而，他们都是以谜样的预言提及但丁被放逐出意大利。卡洽圭达解密了这些早期预言，直接提到但丁被放逐的痛苦。我们在第 5 章讨论过但丁对于佛罗伦萨又爱又恨的心情。

河流，兰登不安地联想到，但丁进入地狱的著名旅程也是从跨越一条河流开始。

在《地狱》第3首中，但丁看到刚被贬到地狱的灵魂们聚集在阿克戎河岸边，地狱渡神卡伦将他们渡过河，他告诉但丁“你该走另一条路，从别的渡口上岸，一条轻便的船搭载你到对岸，而不是从此经过”（《地狱》3.91—93）。突然之间，地上刮起一阵狂风，血红色的电光划破夜空，朝圣者但丁受到惊吓失去了知觉。当他醒来时，发现自己已经身在河岸的另一边。史诗对于但丁如何渡河只字未提。

第82页

兰登曾经这样定义悲剧和喜剧：

悲剧用正式的意大利语写成，代表了高级文学；喜剧用迎合大众的白话写成，代表通俗文学。

这种解释有很多不准确的地方，意大利语在但丁时代并未“正式化”，仍然存在很多变动。无论是“正式的意大利语”还是“白话”，指的都是意大利语。维吉尔的史诗《埃涅阿斯纪》采用的是拉丁文，风格高华典雅。在《地狱》（16.128），但丁发誓他看到主宰地狱第八层（欺诈罪）的革律翁从深渊游上来时，第一次称自己所写的史诗是“comedia”（喜剧）。从1555年开始，这部史诗的某个版本开始在“Comedia”前加上“Divine”（神圣的）。直到18世纪，编辑、学者开始频繁使用Divine Comedy（《神曲》）这个名称。

但丁时代的“喜剧”一词与我们现在理解的“喜剧”并不一样，它指的是混合各种文体的作品，其中既有古典文学，也有通俗文学，往往都是以悲剧开头、喜剧结尾。但丁在《神曲》中采用多种语言风格，既有方言，也有诸如维吉尔的《埃涅阿斯纪》一样的风格高华典雅的语言，还有极大增强史诗表现力和差异性的粗犷语言风格。

第 83 页

兰登用米开朗基罗《最后的审判》来解释但丁《地狱》中的细节处理，主要以对卡伦的刻画为例。

在《地狱》(3.109)，但丁描述了卡伦凶狠的双目：“魔鬼卡伦，双眼红如火炭。”

第 100 页

佐布里斯特向伊丽莎白·辛斯基展示古斯塔夫·多雷的版画，画上描述的是：

> 人性的海洋，病态的人群……

伪造者在地狱邪恶的壑沟中接受惩罚：各自遭受疾病的折磨。用炼金术伪造金属者患上麻风病；伪装身份者患上狂犬病；伪造金钱者患上水肿；说假话者和说谎者患上急性热病。但丁对于伪造者的严厉惩罚可以让人联想到他对于所有欺骗行为的批判。保护好的、真实的东西（金属、语言、货币、身份）不受侵害是公平正义法则的具体体现。多雷的画作可以在“但丁的世界”网站上看到：点击图片链接，然后搜索多雷即可。然而，多雷对于《地狱》（29.55）和《地狱》（29.82）的勾勒并没有体现出“人性的海洋”。

第 103 页

当他遇到辛斯基博士时，佐布里斯特提到了：

> 但丁笔下几种致命的罪行——贪婪、贪食、背叛、谋杀……

七宗罪包括傲慢、嫉妒、贪婪、愤怒、懒惰、贪食和淫欲，但丁史诗《地狱》中惩罚了其中某些罪行（淫欲、贪食、贪婪和愤怒），而出自西塞罗和亚里士多德的司法文件中的背叛和谋杀并没有位列七种大罪之中，然而这两种罪行却在但丁的史诗中被列为致命的罪行并接受惩罚。参见《地狱》第 11 首维吉尔对“地狱构造”的解释。对于但丁史诗的优秀注解将会更加全面地解释这一点，例如查尔斯·辛格尔顿和罗伯特·霍兰德的版本。

第 142 页

当兰登和西恩娜在佛罗伦萨穿过韦奇奥宫时，他提到了佛罗伦萨贵族波德尔蒙提于 1216 年被谋杀这件事。

但丁和他很多同时代人都认为波德尔蒙提被谋杀这件事导致了圭尔夫派和吉伯林派之间的分裂。参见第 3 章对于此事的讨论。但丁在《天堂》（16.136—147）提及波德尔蒙提被谋杀这件事。

第 155 页

兰登和西恩娜在韦奇奥宫时，他想到了“死亡之眼”这个短语：

> 骷髅是但丁《地狱》中反复出现的一个景象，其中最著名的当属乌格里诺伯爵在地狱最底层所受的残忍惩罚——永不停歇地啃食邪恶大主教的头颅……

地狱第九层的科赛特斯冰湖冰封的是背叛者，叛党叛国者乌格里诺和卢吉埃里被封在同一个洞里。当但丁遇到两人时，他看见乌格里诺疯狂地啃噬卢吉埃里的头颅，我们在第 5 章中有过探讨。

第 163 页

佐布里斯特给辛斯基博士留了言，几乎和小说扉页上信息完全一致的留言：

> 地狱中最黑暗的地方是为那些身处道德危机年代保持中立态度的人准备的。

参见第 1 页注释。

第 166 页

玛塔·阿尔瓦雷茨是韦奇奥宫的一名文化总监，她介绍说但丁的死亡面具上的悲伤表情和他对贝阿特丽切的爱有关。

但丁在他早期作品《新生》表达对贝阿特丽切爱意的诗歌俯拾皆是。

第 195 页

兰登和西恩娜逃离韦奇奥宫时借助了地图展厅亚美尼亚地图

后面的秘密通道，他提到了“撒旦的肚脐”，并且说：

> 有时为了向下走……你得先往上爬。

西恩娜记得这一戏剧性的通道来自《地狱》（34.76—111）。

在向但丁介绍完最后一个罪犯后，维吉尔告诉但丁他们已经看过一切，现在是时候离开了（《地狱》34.69）。两人必须爬上撒旦的身体：他的身躯是北半球，双腿是南半球，腹股沟是地球的中心。在第 79 行，维吉尔经过地球中心，然后做了个一百八十度的大转弯。他抓住撒旦张开翅膀的有利时机（《地狱》34.72），来到一片开阔地带，在此处他和但丁一起向下爬去。维吉尔首先走下撒旦的身躯，接着调转方向往上爬。当但丁爬到他的背上后，维吉尔把头和腿调转，以便于头部朝向撒旦臀部和大腿连接的地方。他们相信重力的作用在中心地带更加强烈，因此维吉尔攀爬的难度也就更大。

在第 85 行，读者看见但丁和维吉尔通过撒旦大腿和冰层之间的缝隙滑下，来到地球中心的另一面，但丁还没有意识到他们已经进入了南半球。当他回头看向地狱时，撒旦已调转了方向，但丁还以为他们正在返回地狱。

第 215 页

兰登告诉西恩娜，但丁：

> 认为傲慢是七宗罪之首……并且应将骄傲自大者贬到地狱最底层接受惩罚。

但丁虽然认为傲慢是炼狱中罪孽最深重的，但是他却把地狱中最底层留给了背叛者。

第 228—229 页

兰登在圣玛格丽特教堂借了一名游客的 iPhone 手机，查询《天堂》第 25 首的内容。史诗的前六行都被加以引用。

在这些诗行中，但丁想象他回到了佛罗伦萨，他的作品受到赞誉，并被授予"桂冠诗人"称号。他希望自己的"圣诗"《神曲》，将会打败残酷的敌人（圭尔夫黑派）。他还想象自己在圣约翰洗礼堂接受"桂冠诗人"的称号。

但丁在《地狱》（19.16—18）提到了圣约翰洗礼堂为施洗建造的空洞，使读者能够想象犯买卖圣职罪者被倒插的洞穴大小。

第 231 页

兰登再次回忆《天堂》第 25 首的开头诗行。

参见第 215 页注释。

第 239 页

兰登和西恩娜凝视着佛罗伦萨洗礼堂内撒旦的镶嵌画，他回想起但丁笔下咀嚼三个罪犯头颅的撒旦，但丁的灵感有可能来自这幅镶嵌画，并且他还想到《地狱》（34.28）但丁称撒旦是"痛苦王国的国主"。

这是但丁在《地狱》第 34 首对撒旦迂回描述的其中之一，他还称撒旦"那个曾有美丽容貌的生灵"（第 18 行）、"洞穿世界的罪恶蛆虫"（第 108 行）。读者能够在"但丁的世界"网站上搜索到他描述撒旦的所有表达：找到生物，输入撒旦，点击搜索。

同时参见第58页的注释。

第241页

兰登告诉西恩娜：

> 据说但丁曾经跳到一个孔洞里去救一个快要淹死的孩子。

但丁在《地狱》（19.19—21）提到此事，这件事没有其他形式的记载，因此真实与否难以得知。鉴于洗礼堂的孔洞都是由大理石造成，因此很难想象但丁如何“敲碎”孔洞救人。

第247—248页

兰登和西恩娜找到但丁的死亡面具，发现面具额头刻了七个字母P，兰登解释说这些P指向同一个单词：peccatum，这个拉丁单词的意思是罪恶。

但丁刚刚踏入炼狱之门，就有一个天使在他额头上刻上了七个P。他每登上一级台阶，那级台阶都囚禁着正在清除他们自己七宗罪之一罪行的灵魂，然后一个天使就会擦去一个P。这个过程在《炼狱》（9.112—114）做了叙述。

第253页

在检查但丁死亡面具上文字的时候，兰登和西恩娜发现一条短语：

> 啊，你们这些思维健全的人啊！

兰登说：

这段文字摘自但丁《地狱》最著名的一个诗节。

诗人但丁在这几句诗行中直接与读者对话，让我们揣测“那奇特的诗句面纱下隐藏的教益（《地狱》9.62—63）”。在整部史诗中，这是一个极具象征意义的瞬间，但丁和维吉尔将要进入地狱底层。那些“思维健全的人”——也就是拥有了解真相的能力——应该能理解这些诗行背后的寓意。这种“力量”暗指隐藏在此处象征主义叙事手法背后的深层次的真相和信息，也就是当维吉尔无法处理困难时，上帝会现身帮助善良战胜邪恶。这种区别强调了维吉尔的理性与一个虔诚的基督徒之间的区别。

第276页

在兰登思考谁可能是“背叛者”时，他写道：

背叛是七宗罪之一。

七宗罪包括傲慢、嫉妒、贪婪、愤怒、懒惰、贪食和淫欲。尽管背叛并没有位列其中，但是背叛者却在但丁笔下的地狱第九层接受惩罚。参见第103页的注释。

第280页

兰登写道：

在《地狱》最后部分，我们看到但丁在一个峡谷中聆听小溪的流水声，并且凭借它穿过一个孔洞……走出了地狱。

在《地狱》（34.127—132），我们看见但丁凭借小溪的流水声走出了地狱。因为孔洞里很黑，但丁和维吉尔只能顺着溪流的声音摸索前行。此处的河流是指人间乐园的忘河。

第 300 页

兰登认为圣露西是“三个圣女之一……她们将维吉尔召唤来，帮助但丁逃出地狱”。

圣露西、圣母玛利亚和贝阿特丽切三人都怜悯但丁在昏暗森林的困境，圣母玛利亚吩咐圣露西去帮助但丁，而后者又请求贝阿特丽切前去指引但丁走出困境。然而，贝阿特丽切最终在地狱边缘拜访维吉尔，寻求他的帮助。参见《地狱》（2.105—124）。

第 305 页

兰登指出，但丁曾在威尼斯军械库见识过如何造船，因此得到灵感，把犯买卖圣职罪的政治犯浸泡在沸腾的沥青中作为惩罚。

但丁将买卖圣职者和守卫邪恶的壑沟的魔鬼之间的行为类比威尼斯军械库在冬季用沥青修补船只的行为。参见《地狱》（21.7—18）。

第 320 页

佐布里斯特将他对西恩娜的爱比作但丁对贝阿特丽切的爱，希望自己像但丁一样，将火热的内心呈献给他的“贝阿特丽切”。

佐布里斯特的回忆并不够翔实，这一场景出现在《新生》第 3 章中，爱神用轻纱笼罩着贝阿特丽切，并将但丁燃烧的心呈在她面前，让她吃掉。

第 381—382 页

兰登在伊斯坦布尔思考佐布里斯特在但丁的死亡面具刻下的字有何寓意，再次回想起但丁和维吉尔离开南半球下的孔洞时听到的流水声。

参见第 253 页注释。

第 405 页

兰登收听李斯特的《但丁交响曲》合唱，并听到吟诵：

入此门者，放弃希望！

这是刻在地狱之门门楣上的眉题（《地狱》3.9）。

第 407 页

兰登在伊斯坦布尔蓄水池下面的一个洞穴时，想起《地狱》第 1 首的前两句诗行。

在这些诗行中，朝圣者但丁描述自己在一片昏暗的森林中迷失了方向。兰登称之为迷失了“正路”。我们已经在第 77 页、第 9 页以及第 9—10 页的注释中讨论过这几句诗。

第 409 页

兰登再次回忆起《地狱》第 34 首的一个细节：

最后一章。在地球中心引力发生逆转，上升其实是在下降。

参见第 195 页注释。

第 457 章

兰登回想起一个古老的说法，并指出有人认为这句话是但丁说的：

> 记住今晚……因为这是永恒的开端。

这个短语经常被认为是但丁所说，但是却并未出现在但丁的诗中。

第 463 页，尾声

布朗小说的结尾：

> 天空撒满闪烁的群星。

布朗此处显然是与但丁相呼应，后者史诗的每一首几乎都会以星星这个美丽的词汇结束诗歌。

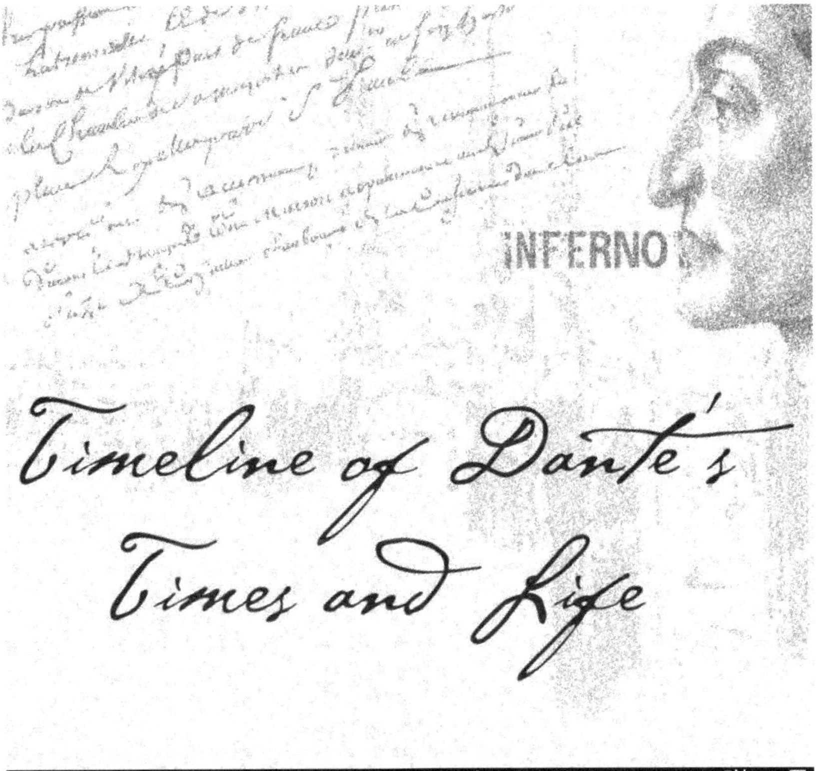

附　录

但丁时代及其生平主线

1210年　教宗英诺森三世批准圣弗朗西斯方济各会《小规章》。

1215年　波德尔蒙特·德·波德尔蒙提被害（《地狱》28.103—111；《炼狱》16.140—141）。

1216年　12月22日，霍诺留斯三世批准兄弟宣道会（道明会）。

1223年　霍诺留斯三世批准方济各会《后来的规范》

	(《天堂》11.97—99)。
1228—1252 年	圣克罗齐教堂（佛罗伦萨方济会教堂）的第一所教堂建立，现有建筑结构始建于 1294 年。
（约）1246 年	佛罗伦萨编年史记录者狄诺·康帕尼诞生 (逝于 1324 年)。
1246—（约）1360 年	修建佛罗伦萨道明会的圣母玛利亚大教堂。
1248 年	乌伯尔蒂领导吉伯林派战胜圭尔夫派，将其逐出佛罗伦萨（《地狱》10.48)。
1250 年	圭尔夫派被允许返回佛罗伦萨（《地狱》10.49)。
	第一个大众政府建立。
	12 月 13 日，腓特烈二世去世。
1252 年	弗罗林金币在佛罗伦萨流通。
1253—1260 年	布鲁内托·拉蒂尼执掌大众政府。
1257—1273 年	圣文德担任圣方济各会总会长。
1258 年	吉伯林派叛变大众政府的阴谋败露后逃离佛罗伦萨。
1259—1260 年	尼古拉·皮萨诺雕刻比萨洗礼堂讲坛。
1260 年	大众政府终结。
	9 月 4 日，蒙塔培尔蒂战役爆发（《地狱》10.85—87；《地狱》32.76—123)，被放逐的锡耶纳人和佛罗伦萨吉伯林派在法利纳塔·德·乌伯尔蒂带领下打败圭尔夫派，随后圭尔夫派逃往卢卡。
1260—1267 年	吉伯林派掌控佛罗伦萨。

1261 年	乌尔班四世当选教宗。
1263 年	圣文德撰写《亚西西的方济各》。
1264 年	乌尔班四世逝世。
	法利纳塔·德·乌伯尔蒂去世。
1265 年	**5 月末至 6 月初，但丁出生在意大利佛罗伦萨。**
	克莱门特四世当选教宗。
1265—1268 年	尼古拉·皮萨诺雕刻锡耶纳洗礼堂讲坛。
1266 年（约）	画家乔托诞生。
	1 月 6 日，安茹伯爵查理加冕西西里岛国王，成为安茹王朝查理一世。
	2 月 26 日，安茹王朝查理一世在贝内文托之战中击败曼夫烈德带领的吉伯林派（《炼狱》11.103—143）。
1266—1267 年	贝内文托之战胜利后，圭尔夫派掌权，大众政府复苏。
1268 年	克莱门特四世逝世。
	8 月 23 日，安茹王朝查理一世在塔利亚科佐之战中击败腓特烈二世之孙康拉丁。
1269 年	6 月，埃尔萨谷口村之战：佛罗伦萨圭尔夫派（安茹王朝查理一世）击败锡耶纳吉伯林派。
1270 年	勃诺·吉埃姆邦尼创作《罪恶与美德书》。
	奇诺·达·皮斯托亚出生（逝于 1327 年）。
1270—1275 年	**但丁母亲贝拉离世。**
1271 年	3 月 13 日，盖伊·德·孟福尔在维泰博的圣

	西尔维斯特教堂利用做弥撒的时机杀死康沃尔公爵亨利（《地狱》12.119—120）。
	格里高利十世当选教宗。
1273 年	鲁道夫一世当选罗马帝国皇帝。
1274 年	里昂第二届大公会议召开。
	5 月，但丁初次遇见贝阿特丽切。
	托马斯·阿奎纳去世。
	圣文德去世。
1276 年	格里高利十世去世。
	英诺森五世当选教皇，同年去世。
	阿德里安五世当选教皇，同年去世(《炼狱》19.103—105)。
	约翰二十一世当选教皇。
	(约) 圭多·圭尼泽利去世。
	(约) 乔瓦尼·维拉尼出生。
1277 年	(约) **跟随当地专业老师学习。**
	约翰二十一世去世。
	11 月 25 日，尼古拉三世当选教皇。
	1 月 9 日，与嘉玛·多纳蒂订婚。
1279 年	尼古拉三世派遣枢机主教拉蒂尼与圭尔夫派和吉伯林派协商，最终促成了短命的两党政府成立。
1280 年	**但丁堂兄杰利·戴尔·贝洛在一次争斗中丧生**（《地狱》28–29）。
	尼古拉三世去世。
1281 年	马丁四世当选教宗。

1281—1283 年	**但丁父亲阿利盖洛·阿利盖利去世。**
1282 年	西西里晚祷起义（《天堂》8.67—75）：阿拉贡国王彼得将安茹家族驱逐出西西里岛，将西西里王国分为那不勒斯（安茹家族控制）和西西里（阿拉贡人控制）。
	6 月至 8 月，建立以行会而不是派系为基础的共和国；派系仍然存在。
1282—1283 年	保罗·马拉泰斯塔成为佛罗伦萨警长。
1283 年	**第二次有记载的与贝阿特丽切会面；创作第一首诗歌；与圭多·卡瓦尔康蒂成为朋友。**
1284—1334 年	佛罗伦萨修建第三道城墙（第二道修建于 1178 年）。
1285 年	安茹王朝国王查理一世逝世，查理二世继位。
	法国国王腓力三世逝世，腓力四世继位。
	马丁四世去世，霍诺留斯四世当选教宗。
	（1285 年或 1290 年）但丁与嘉玛·多纳蒂完婚。
	杜乔为圣塔玛莉亚诺维拉教堂创作《鲁切拉的圣母》。
1285—1289 年	方济各会会士乌贝蒂诺主持圣克罗齐教堂。
1286 年	圣玛利亚纽瓦医院开始修建。
1286—1287 年	**1286 年夏至 1287 年初，但丁居住在博洛尼亚（时间不确定）。**

1287 年	霍诺留斯四世去世。
	（1287 年、1290 年或 1295 年）但丁之子皮耶罗出生。
1287—1289 年	方济各会会士皮耶罗·第·乔凡尼·奥利维在圣克罗齐教堂布道。
1287—1295 年	安德里亚·德·摩奇在佛罗伦萨担任主教（《地狱》15.112—114）。
1288 年	尼古拉四世当选教宗（第一位方济各会教皇）。
	（约）契马布埃为阿西西圣方济各教堂大殿创作壁画。
1288—1289 年	乌格里诺被囚禁在比萨的饿塔（《地狱》33.20—23）。
1289 年	6 月，参加坎帕尔迪诺之战，科尔索·多纳蒂和维埃里·德·赛希领导的黑派击败了波恩康特·达·蒙泰菲尔特罗领导的阿雷佐吉伯林派（《炼狱》5.85—129）。
1290 年	8 月 16 日，参加围攻并攻克卡波洛纳城堡（《地狱》21.94—96）。
1290 年	6 月，贝阿特丽切去世。
	7 月至 11 月：圭多·达·波伦塔担任佛罗伦萨市长。
	（1290 年、1292 年或 1297 年）但丁之子雅各波出生。
1291 年	鲁道夫一世去世。
1292 年	（1292 年或 1294 年）创作《新生》。

	教皇尼古拉四世去世。
1293 年	1 月 18 日，佛罗伦萨传道者引入《正义法规》（系列改革），并引入正义旗手。
1293—1294 年	布鲁内托·拉蒂尼去世。
	圭托内·达雷佐去世。
1293—1295 年	德拉·贝拉复兴政府，这是第二个大众政府（《天堂》16.131—32）。
1293—（约）1296 年	与弗里斯·多纳蒂通信（《炼狱》23.76—77）。
1294 年	与安茹王朝（那时还在佛罗伦萨）的匈牙利国王、那不勒斯王位继承人查理·马特成为朋友（《炼狱》8—9）。
	切莱斯廷五世当选教宗，同年退位。
	庞尼菲斯八世当选教宗。
1295 年	但丁开始政治生涯，成为大众政府三十六位代表之一。
	7 月至 8 月，为了达到政治生活的要求，加入医生和药剂师行会（日期不确定）。
	7 月 6 日，但丁建议修订司法制度，压制佛罗伦萨贵族特权。
1295—1296 年	1295 年 11 月至 1296 年 4 月，但丁当选人民首领特别议会 36 位成员之一。
	5 月至 9 月，但丁成为百人议会成员。
1296 年	7 月，但丁建议佛罗伦萨不应该给皮斯托亚提供避难所，同时还建议予以传道士对攻击、羞辱大众政府成员的人进行诉讼的

权利。

12 月，但丁创作四首《石头》诗歌。

1298 年　新的大修道院宫殿（现在的韦奇奥宫）开始修建。

9 月，庞尼菲斯八世采纳圭多·达·蒙泰菲尔特罗如何占领帕莱斯特里那家族的建议（《地狱》27.100—102）。

（约）马可·波罗向卢斯提伽洛口述远东见闻。

1299 年　但丁女儿安东尼娅出生。

1300 年　阿卡陷落，基督教在圣城最后一个堡垒被侵占（《地狱》27.89）。

2 月 22 日，庞尼菲斯八世宣告大赦年。

5 月 1 日，赛希领导的圭尔夫白派与科尔索·多纳蒂领导的圭尔夫黑派发生冲突（《地狱》6.64—65）。

5 月 7 日，但丁代表圭尔夫派前往圣吉米尼亚诺。

6 月，签订协议放逐圭多·卡瓦尔康蒂。

6 月 15 日至 8 月 15 日，当选佛罗伦萨六大执政官之一。

6 月 23 日，佛罗伦萨各派系间再次爆发冲突；十五名黑派和白派人士（卡瓦尔康蒂包括在内）被流放。

8 月，圭多·卡瓦尔康蒂去世（《地狱》10.68）。

1301 年	**4 月 1 日至 9 月 15 日，再次当选百人议会成员。**
	6 月 19 日，但丁是百人议会中唯一投票反对提供 100 名士兵给庞尼菲斯八世，使其在马雷马地区同圣菲奥拉作战的人。
	10 月，出访庞尼菲斯八世的佛罗伦萨使团有可能包括但丁；除了扣留但丁外，教皇遣返了大部分使团成员回归佛罗伦萨。
	11 月 1 日，法国瓦卢瓦伯爵查理和被放逐的圭尔夫黑派回到佛罗伦萨，圭尔夫白派失去权力。
1301—1310 年	阿诺尔夫·迪·坎比奥去世。
1302 年	庞尼菲斯八世发布《一圣教谕》，声索精神和世俗的最高权力。
	1 月 27 日，但丁被驱逐出佛罗伦萨两年，并罚款 5000 弗罗林币。
	2 月，被放逐的白派和吉伯林派在格尔贡萨聚会，这再次触发了庞尼菲斯八世和法国瓦卢瓦伯爵查理的敌对。
	2 月，但丁与被放逐的圭尔夫白派在格尔贡萨。
	3 月 10 日，但丁及其他 14 名被放逐人员一旦重返佛罗伦萨将被活活烧死。
	5 月，佛罗伦萨黑派和卢凯西从皮斯托亚白派手里夺取塞拉瓦莱。
	6 月 8 日，但丁与被流放的白派在圣戈登

	佐的穆杰罗会面，商讨反抗当地黑派的作战计划；最初一路凯歌；到了夏季，军事联盟成为一盘散沙。
	7月，由于加林诺·德帕兹接受黑派贿赂而背叛，佛罗伦萨白派丢掉了瓦尔达诺的皮安浡维格城堡（《地狱》32.52—69）。
	(约) 契马布埃去世。
1303年	圭尔夫白派与吉伯林派联盟在穆杰罗多次战败。
	福尔齐耶里·达·卡尔博利成为佛罗伦萨市长（《炼狱》14.58—66）。
	8月7日至10月，吉约姆·德·诺加莱（腓力四世的枢密大臣）和希拉·科隆纳在阿纳尼俘获了庞尼菲斯八世（《炼狱》20.86—90）。
	10月11日或12日，庞尼菲斯八世去世。
	10月22日，本笃十一世当选教宗。
1303—1304年	**1303年5月至1304年3月，在维罗纳的巴托洛梅奥·迪拉·斯卡拉家做客（《天堂》17.70—72）。**
	创作《俗语论》（未完成）。
1304年	1月至4月，尼科洛·达·普拉托主教作为本笃十一世的和平使者，前往佛罗伦萨调停圭尔夫黑派与被放逐的白派之间的对抗。
	作为被放逐的圭尔夫白派领导人，依旧很

	活跃。
	4 月，但丁满怀带领白派重返佛罗伦萨的希望离开维罗纳。
	4 月至 8 月，在阿雷佐，但丁向被放逐的白派建言，后脱离白派创建了他自己的党派。
	5 月至 6 月，创作《献词二》悼念圭尔夫白派首领亚历桑德罗·达·罗梅纳的去世。
	6 月，黑派纵火烧毁了佛罗伦萨市中心 1700 户人家。
	7 月：本笃十一世去世。
	7 月 20 日，圭尔夫白派与吉伯林派的联盟在佛罗伦萨外的拉·拉斯特拉遭遇惨败。
	诗人彼特拉克诞生。
1304—1305 年	在帕度亚会见乔托（《炼狱》11）。
1304—1306 年	但丁在特雷维索的盖拉尔多·达·卡米诺家做客（《炼狱》16.124），但丁处于流放中：威尼斯、帕度亚及附近地区。
1304—1307 年	但丁创作《飨宴》（未完成）。
1304—1309 年	但丁创作《地狱》。
1305 年	6 月 5 日，克莱门特五世当选教宗。
	（约）乌贝蒂诺·达·卡萨莱创作《阿伯维塔的十字架》。
1305—1306 年	乔托在罗马圆形剧场或帕度亚的斯克罗维尼礼拜堂创作壁画。
1305—1378 年	克莱门特五世将教廷迁至阿维尼翁（《炼

	狱》32.158—160)。
1306 年	玛拉斯庇尼纳带领卢卡圭尔夫黑派击败皮斯托亚的圭尔夫白派（《地狱》24.145—150)。
1306—1307 年	**1306 年秋至 1307 年，但丁在卢尼贾纳的玛拉斯庇尼纳家做客。**
1307 年	**但丁在卡森蒂诺的圭多·萨尔瓦提科和圭多·巴提芙勒家做客。**
1308 年	5 月 1 日，哈布斯堡王朝艾伯特一世被杀；亨利七世当选卢森堡王朝皇帝。
1308—1309 年	**1308 年年初至 1309 年 3 月，在波拿君塔（《炼狱》24.37）无私帮助下，但丁（可能偕同妻儿）来到卢卡；但丁专注创作《地狱》。**
1308—1312 年	**创作《炼狱》。**
1309 年	3 月，佛罗伦萨人被逐出卢卡。 安茹王朝查理二世去世；罗伯特国王继位。
1309—1310 年	**但丁在巴黎（根据维拉尼、薄伽丘、布蒂和其他早期权威记录）。**
1310 年	**但丁撰写《献词五》，劝说意大利接受亨利七世为国王。**
1310—1311 年	**1310 年 10 月至 1311 年 2 月，但丁陪同亨利七世在都灵、阿斯蒂、维切利和米兰间穿梭。**
1310—1313 年	亨利七世成为卢森堡王朝国王。

1311 年	2 月到年末，但丁再次来到卡森蒂诺的圭多·巴提芙勒家做客；继续创作《炼狱》。
	1 月 6 日，亨利七世在米兰加冕成为神圣罗马帝国国王。
	3 月 31 日，但丁撰写《献词六》，批评佛罗伦萨拒绝接受亨利七世为国王。
	4 月 17 日，但丁给亨利七世撰写《献词七》，游说他进入佛罗伦萨。
	4 月至 5 月，但丁撰写《献词八》《献词九》和《献词十》，在亨利七世竞选活动中祝贺他的王后（为圭多·巴提芙勒夫人吉拉迪斯卡书写）。
	9 月，佛罗伦萨政府大赦圭尔夫派流放者，但丁的儿子被排除在外。
1312 年	6 月 29 日，亨利七世在罗马加冕成为皇帝。
	维也纳大公会议：克莱门特五世压制圣殿骑士团。
1312—1318 年	1312 年 5 月至 1318 年，但丁在维罗那的康格兰德·德拉·斯卡拉家做客。
1313 年	在一封拉丁文书信（《献词七》）中指责“最邪恶的佛罗伦萨人”；但丁指控克莱门特五世犯买卖圣职罪和政治背叛罪（《地狱》19.82—87，《炼狱》30.133—148）。
	6 月，乌格里诺·德拉·法焦拉（比萨的吉伯林派首领）控制卢卡。

	8 月 24 日，亨利七世去世。
	乔万尼·薄伽丘出生。
	柯拉出生。
	(约) 乔托在罗马创作《扁舟》壁画。
1314 年	教皇克莱门特五世再次宣称教皇的权力高于神圣罗马帝国的世俗权力。
	4 月 20 日，克莱门特五世去世。
	5 月，但丁给意大利红衣主教写《献词十一》，敦促他们选举一位意大利教皇，结束阿维尼翁教皇流亡的状况。
	阿尔伯提诺·穆萨托创作《埃塞尼斯》，这是一部拉丁文悲剧。
1314—1315 年	**《地狱》和《炼狱》发行。**
1315 年	5 月 19 日，在吉伯林派首领乌格里诺·德拉·法焦拉的极大威胁下，佛罗伦萨为流放者提供了返回佛罗伦萨的可能性，条件是支付罚金和公共罚款。
	夏季，给一个朋友写《献词十二》，声明他拒绝佛罗伦萨赦免的条件并返回；拒绝接受任何形式的“蒙羞”。
	10 月 15 日，托斯卡纳安茹王朝罗伯特国王的代理人判处但丁及其儿子斩首。
	8 月 24 日，乌格里诺·德拉·法焦拉带领吉伯林派在蒙特卡蒂尼战役中打败圭尔夫派。
	西蒙·马丁尼在锡耶纳市政厅创作《梅斯特》壁画。

1316 年	4 月，乌格里诺·德拉·法焦拉被逐出比萨和卢卡，卡特西欧·卡斯特尼在卢卡继任。 约翰二十二世当选教宗。
1316—1321 年	**创作《神曲·天堂》。** **撰写解释性的《献词十三》，将《天堂》题献康格兰德。**
1316—1317 年	**创作《帝制论》。**
1318—1321 年	**1318 年年初至 1321 年 9 月，但丁在拉文纳的圭多·达·波伦塔家做客；他的孩子皮耶罗、雅各波和安东尼娅与他在一起。**
1319—1320 年	**与乔万尼·德·维吉利奥交换《埃格洛吉传》（牧歌集）。**
1320 年	**1 月 20 日，但丁在维罗纳给一群博学观众做关于地球的干旱土地及干涸海洋的演讲。**
1321 年	**8 月至 9 月，但丁作为拉文纳大使出访威尼斯；感染疟疾后返回。** **9 月 13 日至 14 日的夜间，但丁于拉文纳去世；葬在圣马焦雷码头教堂（如今的圣方济各教堂）。** 佛罗伦萨大学成立。 （约）乔托开始在圣克罗齐教堂的巴迪礼拜堂和佩鲁齐礼拜堂创作壁画。

■ 加黑的表示但丁生平事迹。

致 谢

我们非常享受创作本书的过程。谨将我最谦恭与诚挚的感谢致予：

我们的代理人斯科特·孟德尔先生，感谢他对于本书策划和创作过程中给予的无私建议及支持。

我们的编辑凯伦·沃尔尼以及帕尔格雷夫·麦克米伦出版社所有参与此书出版过程的员工，尤其是劳伦·罗·品托、艾伦·布拉德肖、凯瑟琳·黑格勒、劳伦·德威尔和克里斯汀·卡塔丽娜。能够与这样一个充满热情的专业团队合作是我莫大的荣幸。

我还要感谢保罗·巴罗尔斯基先生，感谢他以极大的热情和敏锐的视角帮助我们审阅初稿。

由于古斯塔夫·多雷为《地狱》所配插图并未命名，因此我们为其临时加上标题以示区别。

我们还要感谢普林斯顿大学出版社允许我们引用其 1998 年出版的由查尔斯·辛格尔顿翻译的《神曲·地狱》（两卷）。

最后，黛博拉·帕克还要感谢过去 25 年间所有选修但丁课程的学生，他们对于但丁作品的热情是她执教的二十余年间最为精彩的部分之一。